河出文庫

古典新訳コレクション

源氏物語 2

角田光代 訳

河出書房新社

目次

源氏物語

2

紅葉賀（もみじのが）

うりふたつの皇子誕生

生まれた皇子は、光君に驚くほどうりふたつとのこと。
その秘密を知るのは、ただ二人だけだったのでしょうか……。

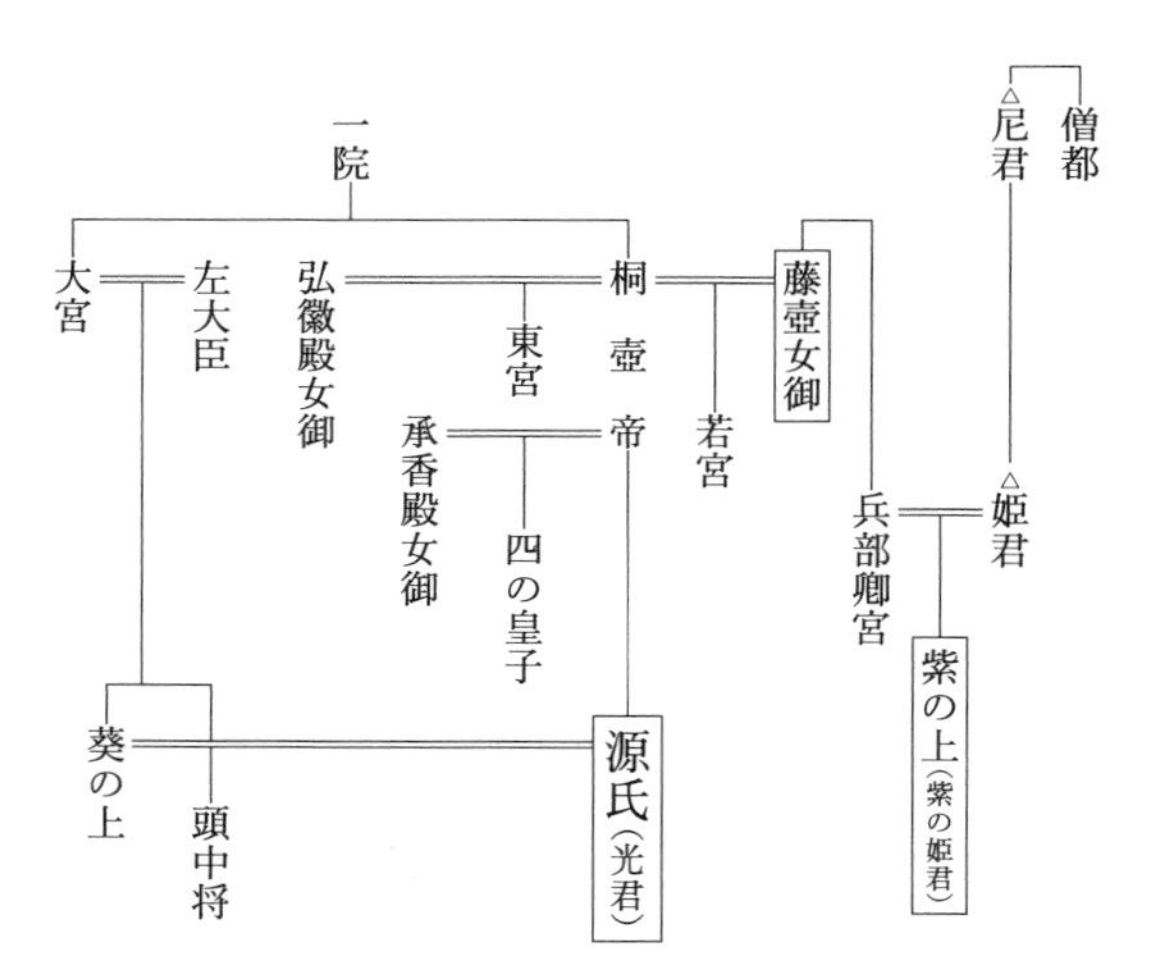

僧都
△尼君
一院
大宮
左大臣
弘徽殿女御
桐壺帝
藤壺女御
東宮
若宮
承香殿女御
四の皇子
兵部卿宮
△姫君
紫の上（紫の姫君）
葵の上
頭中将
源氏（光君）

＊登場人物系図
△は故人

朱雀院の行幸は十月の十日過ぎに行われることになっていた。今回の催しは類を見ないほどすばらしいという評判だったので、後宮の妃たちは見物できないことを残念がっていた。帝も、そのすばらしい行幸を藤壺に見せてやれないのはもったいないと思い、清涼殿の前庭で、試楽（舞楽の予行演習）をさせることにした。

光君は、左大臣家の頭中将と二人で「青海波」を舞うことになっていた。頭中将は、容姿といい立ち居振る舞いといい、人よりはすぐれているが、光君と立ち並ぶと、やはり桜の花の隣に立つ名もなき木のようである。西に傾く陽の光があざやかに射しこみ、楽の音もひときわ高まり感興もたけなわの時には、光君は足拍子も面持ちも、ほかの者が舞う「青海波」とはまったく異なって見えた。舞いながら詩句を朗唱すると、極楽に住む迦陵頻伽という鳥の如し、と言われる仏の御声もかくやと思うほどだった。あまりにもすばらしく、崇高で、見ていた帝は涙を拭い、上達部や親王たちもみな感動の涙を流した。朗唱を終え、光君が袖をさっと元に戻すと、それを合図にいっそうはなやかに演奏が再開される。その音色に舞手の顔も映えて、いつにもまして光り輝くようである。その光君のみごとさが、弘徽殿女御（こきでんのにょうご）にはじつにおもしろくない。

「神さまか何かが空から愛（め）でて、神隠しにでもしてしまいそうなお顔立ちですわね。おお、おそろしい」などと言っているのを、若い女房たちは嫌なことを言うものだと思って聞いている。

　藤壺の宮は、帝にたいして畏れ多く、やましい気持ちがなかったなら、もっとすばらしく見えただろうと思うものの、それでも夢を見ているような心地（ここち）だった。

　試楽の後、藤壺の宮は帝と夜をともに過ごした。

「今日の試楽のすべては、青海波に圧倒されてしまったね。どう思う」帝にそう尋ねられた藤壺は、答えに戸惑い、

「ご立派でございました」とだけ言った。

「相手役の頭中将も悪くはなかった。やっぱり良家の子弟は、舞の手さばきにしても違うものだ。世間で評判の舞の師たちも、確かにたいしたものだけれど、おおらかで、優雅なうつくしさは醸し出せない。今日の試楽はこんなにもみごとにやり尽くしたのだから、当日の、紅葉（もみじ）の木陰での舞はもの足りないものになるかもしれないが、とに

かくあなたに見せたかったから、とくに入念に舞うようにと命じたのだよ」と帝は話す。

その翌日、光君から藤壺に手紙が届いた。

「昨日の舞を、どのようにご覧になりましたでしょうか。なんとも言えないつらい気持ちのまま舞ったのです。

もの思ふに立ち舞ふべくもあらぬ身の袖うち振りし心知りきや

（恋のつらさに思い悩み、きちんと舞うこともできないこの私が、あなたのために袖を振って舞った、その心をわかっていただけましたか）

畏れ多いことですが」

とある。昨日の、目もくらむほどうつくしかった光君の舞もその姿も目に焼きついて、さすがに無視はできなかったのか、藤壺の宮は返事をしたためる。

「唐人(からひと)の袖振ることは遠けれど立居(たちゐ)につけてあはれとは見き

（唐の人が袖を振って舞ったのは遠い昔のことですが、昨日のあなたの舞にはしみじみと感じ入りました）

あなたの舞に感動したというだけですが」

めったにもらえない返事を光君はたいそうよろこんだ。「青海波」がもともと唐の国から伝えられたことを知っていて、遠い異国にまで思いを馳せているのだ、今からすでにお后さまにふさわしい格式高い歌ではないか、と顔をほころばせて、まるで尊い経典ででもあるかのように広げて、いつまでも見入っている。

行幸には、親王たちをはじめとして、残る人もいないほど帝に供奉した。東宮もいる。楽人を乗せた竜頭鷁首の船が池を漕ぎめぐり、唐土の舞、高麗の舞とさまざまな舞楽が奏される。管絃の音、鼓の音が響き渡る。帝は、先だっての試楽の日、夕陽に包まれ不吉なほどうつくしかった光君を心配し、災難除けの誦経を方々の寺に命じていた。それを知った人々は、帝の心中を察してごもっともなことだと思ったが、弘徽殿女御だけは、なんと大げさなことをするのだろうと憎々しく思っていた。

「青海波」の演奏をする楽人たちが円陣を組む垣代には、殿上人も、殿上に上がることを許されない地下人も、抜きん出て秀でていると評判の達人だけを選び揃えた。宰相二人、左衛門督、右衛門督が、それぞれ唐楽、高麗楽をとりまとめた。舞人に選ばれた人々は、この日のために、舞の師匠のうちでもとくべつすぐれた者を迎え、みな家に引きこもって稽古をしていたのだった。

小高い紅葉の木陰で、四十人の垣代がみごとに楽の音を奏で、深山おろしかと思うほど吹き荒れる松風が、その音に響き合う。木の葉が色とりどりに風に散り飛ぶ中を、光君の「青海波」が輝かしく舞い出てくる。その姿はおそろしくなるほどのうつくしさだった。頭に挿した紅葉が、光君の美に圧倒されたようにはらはらと散ってしまい、左大将がみずから菊を手折(たお)って挿しかえた。日が暮れてくると、空までが感動して涙を流すかのように時雨(しぐれ)がぱらついた。色変わりした菊を冠(こうぶり)に挿した光君は、以前の試楽の日にも劣らないほど、みごとに舞った。退場前に正面を向いて舞う入綾(いりあや)は、ぞくぞくと寒気立つようなうつくしさだった。舞の心得もない下々の者でも、木の下や岩陰、山の木の葉に隠れて見物していた者たちも、多少とも感じる心を持っている者は、感極まって涙を落とした。

承香殿女御(じょうきょうでんのにょうご)腹の、第四の皇子(みこ)が、まだ元服前のあどけなさで「秋風楽(しゅうふうらく)」を舞ったのが、これに次ぐ見ものだった。この二つの舞があまりにもすばらしかったので、ほかの舞には目も移らず、見てもかえって興ざましだっただろう。

この日の夜、光君は正三位(しょうさんみ)に昇進した。相手の頭中将(とうのちゅうじょう)も正四位下(しょうしいのげ)になった。しかるべき上達部(かんだちめ)たちもそれぞれ昇進したが、光君の昇進にあやかってのことだ。舞でこれほど人を惹(ひ)きつけ、心をもよろこばせてしまうというのは、前世でいったいどんな徳を積んだのか、知りたいほどです。

藤壺の宮は、その頃退出して実家にいたので、例によって光君は逢える機会はないものかと様子をうかがいまわっていて、左大臣家からは不興をかっていた。その上、引き取った少女のことを、「二条院ではだれか女をお迎えになったそうです」などと言う女房がいて、葵の上は不愉快きわまりない。

それを知って光君は思う。こちらの事情は知らないのだからそんなふうに思うのは無理もない。ならば素直に、ふつうの女君のように恨み言でも言ってくれれば、私も腹を割って話して、なぐさめることもできるのに。それをおかしなふうに勘ぐってばかりいるのだから、こちらだっておもしろくはないし、つい浮気心も抱いてしまうのだ。姫君には、ここは不足でここが不満だなどという欠点は何もない。何よりはじめに結婚した人なのだから、いとしくたいせつに思っている。その気持ちを今はわかってくれなくても、いつかはきっとわかってくれるだろう。

光君は、葵の上を落ち着いた分別のある女君として、格別に信頼しているのである。

さて、二条院の幼い姫君は、光君に慣れるにつれ、その気立てのよさも容姿のみごとさも際立ってきて、無邪気に光君につきまとって離れない。しばらくは邸内に仕えている人々にも姫君の素性を明かすまいと思い、離れた西の対に立派な部屋をしつらえ、明けても暮れても自分もそこに通い詰め、姫君にあれこれと教えるのだった。みずからお手本を書いて習字などをさせていると、今まで他所（よそ）に預けてあった自分の子どもを引き取ったような気持ちになる。姫君のための政所（まんどころ）や家司（けいし）も、二条院とは別に定めて、なんの心配もないように仕えさせた。惟光（これみつ）以外の人々は、いったい何がどうなっているのかと不審に思っている。父である兵部卿宮（ひょうぶきょうのみや）も何も知らないままだ。

　姫君は、やはり時々昔を思い出し、尼君を恋しく思う。光君がいっしょにいる時は気が紛れる。けれども夜、光君はこちらに泊まることもあるものの、なにぶんあちこちの女の元に通うのにも忙しい。日が暮れて出かけようとする光君の後を追ってくることもある。そんな姫君の姿が光君にはかわいらしくてたまらない。二、三日宮中に勤め、その後左大臣家に泊まったりすると、幼い姫君はひどくふさぎこんでいる。それがまたかわいそうで、母親のない子を持ったような気持ちになり、忍び歩きもしにくくなってしまった。北山の僧都（そうず）は、姫君がこのように暮らしていると聞き、不思議な気もするが、でもやはりうれしく思うのだった。亡き尼君の法事の折には、光君は立派な供物を贈って弔いの意を表した。

　どんな様子なのか気になって、光君は藤壺（ふじつぼ）の宮が下がっている三条宮（さんじょうのみや）に行ってみた。王命婦（おうみょうぶ）や中納言の君、中務（なかつかさ）などといった女房が応対に出てくる。他人行儀な扱いに光君はおもしろくはないけれど、気持ちを静め、差し障りのない世間話をしているところに、兵部卿宮（ひょうぶきょうのみや）があらわれた。光君の来訪を聞いて、話をしにやってくる。たしなみ深そうな様子で、あでやかで、なよなよしている兵部卿宮を、女性に見立てたらなかなかいい感じだと光君はこっそりと思う。やはり藤壺の兄であり、幼い姫君の父だと思うと、親しみも湧いてきて、打ち解けて話した。兵部卿宮も、光君がいつもと違って親しげなので、なんとすてきなお方だろうかとしみじみ思い、娘の婿に、などとは露も思わず、このお方が女性だったらどんなに麗しいだろうなどと考えては、色っぽい気持ちになっている。

日が暮れて、兵部卿宮が藤壺のいる御簾（みす）の中に入るのを、光君はうらやましく眺めた。

昔は父帝（ちちみかど）に連れられて、近くにいって、人づてではなく直接話すことができたのに、今はまるっきり寄せつけてくれないのだから恨めしい、と光君は思うが、それも致し方ないこと。

「もっと頻繁に伺うべきですが、とくべつなご用件もない時には自然にご無沙汰してしまいます。何かご用がおありの時は、お申しつけくださいましたらうれしく存じます」

などと堅苦しい挨拶をして、邸を出る。以前は逢瀬を企てた王命婦も、どうすることもできない。藤壺の宮は、以前と比べていっそう光君とのできごとを情けないことだったと思っているようである。手引きをした自分にも心を許していないように見え、命婦は気後れも感じ、いたわしくも思えて、光君に何を頼まれてもどうすることもできないのだった。こんなにもはかない縁であったのかと、光君は光君で、宮は宮で、それぞれ思い乱れることは尽きないのである。

幼い姫君の乳母である少納言は、姫君の思いがけずしあわせそうな姿を見ていると、これも尼君が姫君の身の上を案じ、仏前に熱心にお祈りしたそのご加護だろうかと考えずにはいられない。光君には葵の上という立派な妻がいて、その上多くの女君の元に通っていることを思うと、姫君が成長した暁には面倒なことも起こってくるのだろうと案じてもいる。けれども、こうしてとくべつな寵愛を見ていると、少納言は心強くもなるのだった。母方の祖父母が亡くなった場合、喪に服すのは三月だというので、年の暮れには姫君の喪服を脱がせた。とはいえ、祖母上以外には母上もいない身の上なので、すぐには派手な色ではなく、紅、紫、山吹などの地味な無地の小袿を選んだ。そうした着物を着た姫君は、じつに垢抜けて可憐に見えるのだった。

光君は元旦の朝拝（ちょうはい）という儀式に参内（さんだい）しようとして、姫君の部屋をのぞいてみた。

「ひとつ年をとって、今日からは大人らしくなられたのかな」と言って笑う光君は、うつくしく、じつに魅力的である。姫君はもう人形を並べたて、忙しそうにしていた。一対の厨子（ずし）にいろいろな道具類を飾り並べ、光君がいくつもこしらえた人形用のちいさな御殿を、部屋いっぱいに広げて遊んでいる。

「大晦日（おおみそか）に、鬼を追い払うと言って犬君（いぬき）がこわしてしまったの。だからなおしています」と、さもたいへんなことのように言う。

「本当に犬君はそそっかしい人だね。すぐになおさせましょう。元日の今日は言忌（ことい）みをして、不吉な言葉は慎まなければなりませんよ。泣いてもいけません」と言い、光君は部屋を出ていく。盛装したその立派な姿を、女房たちは御簾（みす）際に出て眺める。姫君も立ち上がりその姿を見送って、光君の人形に同じように着飾らせ、参内する真似をさせている。

「せめて今年からはもう少し大人らしくなさいませ。十歳を過ぎたら人形遊びなどしていてはいけませんと申しておりますでしょう。夫君をお持ちになられたからには、奥方らしくおしとやかにお相手なさらなければいけません。御髪（みぐし）をなおして差し上げることも嫌がられるんですもの」

あまりにも遊びに熱中してばかりなので、これではいけないと思って少納言はそう言い聞かせる。姫君は、心の内で、それならわたしは夫を持ったのだわ、この女房たちの夫というのはみにくい者ばかりだけれど、わたしの夫はあんなに若くてきれいなのね……、とようやく今理解するのだった。

いくら幼稚だといっても、新年に、ひとつ年齢が加わった証拠だと言えましょう。姫君のこんなふうな幼い様子が二条院に仕える人々にもわかってしまい、みな、何かおかしいとは思いながらも、さすがにこんなふつうの夫婦らしからぬ、添い寝の仲とは思わないでいる。

光君が内裏（だいり）から左大臣家に退出すると、葵の上はいつものように端然としてよそよそしく、やさしくもせず、心を開いてくれる様子もない。そんな態度が窮屈な光君は、「せめて今年からでも、夫婦らしく振る舞ってくれる気持ちがあるなら、とてもうれしいんだけどな」などと言ってみる。

けれども葵の上は、光君がわざわざ女を二条院に迎え、たいせつにしているという噂（うわさ）を耳にしてからは、その女を妻としてだいじにしていくのだろうと思いこみ、心を開くどころか、自尊心を踏みにじられていた。けれども、そんな気持ちに気づかないかのように冗談を言う光君にたいして、強情を張り通すわけでもなく、きちんと返事をしているところは、やはり並みの女とは違う。四歳ほど年上なので、年相応に、光君が気後れするほど大人びて、うつくしさの盛りである。いったいこの人のどこが不足しているというのだろう、と光君もつい考える。この人にこんなに恨まれるのは、自分のあまりにも不埒（ふらち）な浮気心のせいではないかと反省もする。

　同じ大臣という身分の中でも、世の中の信望もひときわ重々しい父左大臣が、皇女である妻の産んだひとり娘として、それはたいせつに育ててきたからだろう、気位の高さは並大抵ではなく、少しでも光君がぞんざいに扱うと、そんなことは許されないといった態度である。けれど光君は光君で、そんなにあがめ奉ることもないという態度ばかりとる。そのように二人の気持ちはすれ違うばかりなのである。左大臣も、このような頼りにならない源氏の君を恨めしく思ってはいたが、会えば恨みも忘れて、たいせつに扱い、篤（あつ）くもてなすのであった。

　翌日、光君が出ていこうとすると左大臣がやってきた。ちょうど装束を身につけていた光君に、有名な石帯（せきたい）をみずから持ってきて、装束の後ろをなおしたりと、まるで沓（くつ）の世話までしそうなかいがいしさで、痛々しいほどである。

「内宴（正月に宮中で催される私宴）などもありましょうから、この帯はそのような時に使わせていただきます」光君が言うと、

「それにはもっとよいのがあります。これはただ珍しいというだけですので」と、帯を無理に使わせる。

こんなふうに、何くれとたいせつに世話をして、その姿を見るだけで生き甲斐が感じられ、たとえ時折ではあっても、こんなうつくしい人が邸を出入りするのを眺めるのに勝るよろこびがあろうか、と思わせてしまうほどの圧倒的な麗姿なのである。

年賀の挨拶といっても、光君はそうあちこちへは出かけず、宮中、東宮、一院くらいで、そのほか、藤壺のいる三条宮に行った。

「今日はまた格別うつくしくお見えになりますわね。大人びていらっしゃるにつれて、ますます見目麗しくおなりで、こわいほどですわ」

と女房たちが話しているのを聞き、藤壺の宮は几帳の隙間から光君をほのかに見て、あれこれとまた思い悩むのだった。

藤壺の出産がないまま十二月が過ぎてしまい、いくらなんでもこの正月には、と三条宮の人々もじりじりと待っている。帝からも、出産に際しての贈り物があったのに、何ごともないまま一月も過ぎてしまった。物の怪のせいではないかと世間の人々が騒ぎ立てるのを、藤壺は心細い思いで聞き、このお産のために自分は身を滅ぼすことになるのだろうと嘆いては、ますます具合も悪くなっていく。出産の時期からいって、いよいよだれの子かはっきりと知った光君は、くわしく事情を話さないまま方々の寺で安産祈願の祈禱をさせた。世の中は無常なものだから、藤壺とのはかない仲もこのまま終わってしまうのではないかと、光君は思い悩んでいたが、二月十日過ぎ、皇子が生まれた。今までの心配も吹き飛んで、宮中の人々も三条宮の人々もよろこんだ。藤壺はこのお産でよく自分は命を落とさなかったものだと思い、そのことがまた情けなく思える。しかし弘徽殿女御が自分を呪うようなことを言っているらしいから、もし本当に死んだりしたら世間のとんだ笑いぐさになっていただろうと心を強く持ち、だんだん快復に向かっていった。帝は、早くもこの皇子を見たくてたまらない様子である。


　光君も、人知れずこの皇子のことが気掛かりで、人のいない時を見計らって、

「主上がご覧になりたがっておられますから、まず私が見て、ご報告申し上げましょう」と伝えてみる。しかし藤壺は、

「まだ生まれたばかりで、見苦しくてございますから」と言って見せようとしない。それには理由があった。生まれたばかりの皇子は異様なまでに光君に生き写しで、だれの子であるか歴然としていたのである。藤壺は、心の内でおそれおののくばかりだった。女房たちがもしこの子を見たら、不自然なほどの産み月の狂いを何か変だと思

い当たるに違いない。たいしたことではなくても、人のあらさがしをしようとする世の中なのだから、ついにはどんな噂が流れることになろうかと思い続けていると、自分の身がなんとも情けなく、つらくなってくる。

光君は王命婦にたまに会うと、せつない言葉を尽くして逢う手引きを頼んでみるが、それはどうにもかなえられない。皇子をどうしてもひと目見たいと言う光君に、

「どうしてそんなご無理をおっしゃるのでしょう。そのうちご覧になれることではありませんか」

と答える王命婦も、責任を感じて深く思い悩んでいる。

このほど生まれた若宮のことはあたりを憚ることなので、はっきり言うこともできず、

「いったいいつになったら藤壺と人づてではなく話せるんだろう」と光君は、痛々しくも泣き出してしまう。

「いかさまに昔むすべる契りにてこの世にかかるなかの隔てぞ

（どのような前世からの宿縁で、二人のあいだがこんなに隔てられてしまうのか）

こんなことはとても納得できない」と言う。命婦も、藤壺の宮の苦悩を知っている

ので、光君をそっけなく突き放すこともできない。

「見ても思ふ見ぬはたいかに嘆くらむこや世の人のまどふてふ闇（やみ）

（若宮をご覧になっても宮は思い悩まれておいでです、ご覧になっていないあなたさまはどれほどつらいことでしょう。これが世の人の、子ゆえに迷う親心の闇というものでございましょうか）

お悩みの絶えない、おいたわしいお二方（ふたかた）でございます」

と、命婦の君はそっと言った。

こんな有様で直接話をすることもできず、仕方なく光君は二条院へと帰っていく。口さがない世間の目を気にする藤壺は、このような光君の来訪を迷惑だと思っており、またそう口にもしていて、命婦にたいしても、昔心を許していたほどには親しく接しなくなってしまった。変に思われないように、以前と同じに接してはくれているものの、すべての原因を作ったこの私を不快に思うこともあるのだろうと思うと、命婦はつらくてたまらず、そんなはずではなかったのにとただ嘆くしかない。

四月になり、若宮は参内した。日数のわりには大きく育ち、そろそろ起き返りもする。驚くほど光君にうりふたつのその顔を見ても、帝はその秘密に思い当たるはずもなく、ただ、類いなくうつくしいものはこのように似てしまうものなのだなと考えるのだった。そうして帝は若宮を、それはたいせつにかわいがるのだった。

　帝は、光君をこの上もなく愛していながら、世間が承知しないだろうという理由から、東宮に立てさせなかったことを未だに残念に思っていた。成長するにつれ、臣下にはもったいないほどの容姿になっていく光君を、心苦しい思いで見ていたのである。けれど今、身分の高い藤壺を母に、同じように光り輝く皇子が生まれてきて、これこそ疵ひとつない玉と思ってそれはだいじにかわいがるのである。しかし帝がそうして若宮をかわいがればかわいがるほど、藤壺は気持ちの晴れる間もなく不安になるのだった。

　藤壺の御殿で管絃の遊びが催され、いつものように光君もその席に呼ばれた。帝が若宮を抱いてあらわれ、

「皇子たちは大勢いるけれど、私はあなたのことばかり、こんなちいさな時から朝な夕なに眺めていたよ。だからその頃が思い出されるのだろうか、あなたにじつによく似ている。ちいさい頃というのは、みんなこうしたものなのかもしれないね」と言う。

　若宮をようやく見ることのできた光君は、自分の顔色が変わる気がして、おそろしくも、かたじけなくも、うれしくも、胸を締めつけられるようにも、さまざまな感情があふれ出て落涙しそうになった。若宮が声を上げて笑っているのが、おそろしいほ

どかわいらしいので、もし自分がこの若宮に似ているのならこの身をよほどたいせつにいたわらなければならない、などと光君は考える。それもずいぶんと身勝手な話だけれど……。

藤壺はいたたまれず、つらくなり、その場にいるとだらだらと汗が流れ落ちる。若宮をじっと見ていると胸を掻き乱されるような気分になり、光君はその場を退いた。

二条院に戻った光君は自室で横になり、どうにもならないつらさが静まるのを待ってから、左大臣家に行こうと思い立った。庭の植えこみに目をやると、一面青々としている中に撫子が可憐に咲きはじめている。それを折らせ、命婦の君に託すべく、こまごまと記した藤壺宛ての手紙を書いた。

「よそへつつ見るに心はなぐさまで露けさまさるなでしこの花

(撫子の花を若宮と思って眺めてみましたが、心はなぐさめられることなく、かえっていっそう涙があふれるばかりです)

若宮の誕生を、花の咲くのを待つように心待ちにしておりましたが、そうなっても私たちの仲がどうなるわけでもありませんでした」

命婦はこれを藤壺に見せ、

「ほんの一筆でもお返事を、どうぞこの花びらに」と言う。藤壺も、子まで成した光

君との宿縁の深さや我が子の将来など、いろいろなことをしみじみ思っていたので、

「袖濡るる露のゆかりと思ふにもなほ疎まれぬやまとなでしこ
（袖を濡らすつらい契りのゆかりと思っても、やはりこの子をうとむ気持ちにはなれません）」

とだけ、薄墨で、途中で書きやめたかのような歌を詠んだ。命婦はよろこんでそれを光君に届けた。いつも通り返事などないだろうと、力なく外をぼんやり見ていた光君は、それを受け取って胸をときめかせ、あまりのうれしさに涙までこぼした。

うまくいかない恋を思い、沈んだ気持ちで寝ていても、いっこうに気持ちは晴れず、気を紛らわせるために光君は幼い姫君のいる西の対に向かった。無造作にほつれた髪のまま、気楽な袿姿で、横笛を気軽に吹きながら部屋に入ると、物に寄りかかっている姫君が、先ほどの露に濡れた撫子のようで、じつに可憐に見える。帰ってきたのにすぐに顔を見せてくれなかったことが不満らしく、こぼれるような愛嬌のある顔をそむけたままでいる。光君が端に膝をついて、「おいで」と言っても、知らん顔で「入りぬる磯の」などとつぶやいて、袖で口元を隠している。「潮満てば入りぬる磯の草なれや見らくすくなく恋ふらくの多き（あの人は、潮が満ちると隠れてしまう磯の藻

だろうか、見ることは少ない、思うことは多いのに）」という万葉集の一節を口ずさむのは、いかにも機転が利いていて、いっそうかわいらしい。

「おや、言いますね。しょっちゅう逢（あ）っていて新鮮味がなくなるほうがよくないよ」

光君は言い、人を呼んで、琴を持ってこさせて姫君に弾かせようとする。

「箏（そう）の琴は中の細い絃（げん）が切れやすいのが厄介だな」と言いながら、平調（ひょうじょう）に下げて調子を整えている。すべての絃の調子を合わせるための短い曲を奏でて、琴を姫君のほうに押しやるので、姫君もずっと拗（す）ねているわけにもいかず、あどけない仕草で弾きはじめる。まだちいさい姫君が、左手をのばして絃を押さえるのがじつに愛らしく、光君はいとしくなって、笛を吹き鳴らして教えた。姫君はもの覚えが早く、難しい調子でもたった一度で習得してしまう。何につけても才能のある、すぐれた姫君に光君は理想通りだと満足する。「保曾呂倶世利（ほそろぐせり）」という曲は、曲名は妙だけれど、光君がおもしろく吹きはじめると、姫君は合わせて弾く。まだ未熟なところもあるが、それでも調子を狂わせることなく上手に弾いている。

明かりをつけて、光君が姫君とともに絵を眺めていると、今夜は出かけると前もって伝えられていたお供の人々が咳払（せきばら）いをし、

「雨が降りそうでございます」

と出立を促した。例によって姫君はとたんにふさぎこんでしまう。絵を見るのもやめて、うつ伏せになってしまう姫君を、光君は心の底からいとしく思う。ふさふさとこぼれる髪を撫で、「私が出かけるとさみしいの?」と訊くと、姫君はうなずく。

「私も、一日だって会えないと、本当につらいよ。でも、あなたがまだちいさいうちは私は安心しているんだ。だからまず、うるさく恨み言を言う人たちの機嫌を損ねまいと思って、厄介だから、こうしてしばらくは出かけていくのです。あなたが大人になったら、もうどこへも行かないよ。女の人の恨みを買うまいなどと思うのは、長生きをして、あなたといっしょにたのしく暮らしていきたいからだよ」

　などと、こまごまと言って機嫌をとっていると、姫君もさすがに恥ずかしくなって、なんと答えることもできないでいる。そのまま膝に寄りかかって眠ってしまう。光君は幼い姫君がいじらしくなり、「今日は出かけないことにした」と言う。それを聞いて女房たちはみな席を立ち、夕食の用意をはじめる。光君が姫君を起こして、「出かけませんよ」と言うと、姫君はぱっと機嫌をなおして起き上がり、ともに夕食をとる。姫君はほんの少ししか箸をつけず、

「では、おやすみなさいませ」と、まだ心配そうにしているので、こんなかわいらしい人を見捨てては、たとえ逃れられない死出の道へも出かけられるものではないと、

光君は思わずにはいられない。

　こんな具合に引き止められることも多いので、噂をたまたま耳にしてしまった人が、そのことを左大臣家に伝えると、

「いったいどなたがお住まいなのでしょう。こちらにたいへん失礼な話じゃありませんか。だれとも世間に知られずに、そんなふうに源氏の君にまとわりついて戯れているなんて、身分の高い奥ゆかしい女性じゃないでしょうよ。内裏でちょっとお情けをおかけになった女房か何かを、ごたいそうにお扱いになって、人にとやかく言われやしないかと隠しておいでなのでしょう。いかにも分別のない幼稚な女だという噂ですけれど」などと、女房たちもみんなで言い合っている。

　そういう人がいると帝の耳にも入り、

「気の毒に、左大臣が苦にしているようだが、それももっともだ。まだ何もわからないほど幼いあなたを、一生懸命世話をしてここまでにしてくれた気持ちを、どれほどのものかわからない年でもないだろうに、どうして薄情な仕打ちができるのか」

と苦言を呈するのを、光君はおそれ入った様子で返事もできずにいる。きっとあの左大臣家の葵の上とうまくいっていないのだろうと、帝は気の毒にも思う。とはいっても、内裏の女房にしても、あちこちの女たちにしても、色恋沙汰に夢中になって特

定のだれかと深い仲になったようにも見えないし、そんな噂も聞かないので、「いったいどんなふうな人目の届かないところを忍び歩いて、これほど恨まれる羽目になっているのだろう」と帝はつぶやく。

帝はかなり高齢ではあったけれど、女のこととなると無関心ではいられず、采女(うねめ)や女蔵人(にょくろうど)といった下級の女官までも、容姿端麗、才気煥発(かんぱつ)の女性を選び、目を掛けていたので、当世の内裏には教養ある女房が揃っている。そうした女房たちでも、光君が何か一言でもかけようものなら、なびかない女はまずいない。だから光君はそうしたことがおもしろくも思えず、色恋沙汰は起こしていないようだった。女房たちが試しに戯言(ざれごと)を言いかけても、相手の気分を損ねない程度に受け流し、心底からのめりこんでいくようなことはない。そんな光君を、まったくおもしろみのない堅物だと思う女もいるほどだった。

さて、年配の典侍(ないしのすけ)がいた。彼女は家柄も立派で才気があり、気品もあって人から尊敬もされているが、ひどく好色な性分で、その道ではじつに軽々しいことをする。光君は、こうもいい年をしてなぜそんなに気が多いのかと興味を持って、冗談めかして誘ってみた。すると典侍のほうでは不釣り合いと思うこともなく、本気にしている。あきれたものだと思いつつも、おもしろい女だとも思い、つい言い寄って、親しくなった。もしこのことを他人が知ったら、相手があまりに婆さんすぎると言われるのを憚って、光君はつれない素振りで通しているが、典侍はどうにもそれがつらいようである。

ある日、この典侍は帝の御整髪に奉仕していた。それが終わると帝は装束係を呼んで、着替えるために部屋から出た。部屋にはほかに人もいない。典侍はいつもよりこざっぱりとしていて、姿も髪かたちも色っぽく、着ているものも着こなしもはなやかで垢抜けて見える。なんて若作りをしているのかと光君は苦々しく思うものの、この女はいったいどう思っているのだろうと、無視することもできなくて、裳の裾を引っ張ってみた。すると典侍は派手な絵の描かれた扇で顔を隠すようにして振り向いた。流し目でじっと見つめてくるが、近くで見るとまぶたが黒ずんでげっそり落ちくぼみ、髪もぼさぼさである。年に似合わない派手な扇だと、光君は自分の扇と取り替え、よく見てみると、顔に照り映えるくらい色の濃い赤に、木高い森の絵を金泥で塗りつぶしてある。その端に、じつに古めかしい筆跡ではあるが、「森の下草老いぬれば」などとなかなか上手に書いてある。「大荒木の森の下草老いぬれば駒もすさめず刈る人もなし（古今集／大荒木の森の下草は老いてしまったから、馬も好まず、刈る人もいない）」という古歌の一節で、書くにこと欠いて悪趣味だなと苦笑しながら、

「『森こそ夏の』といったふうだね」と言う。

「ひまもなくしげりにけりな大荒木の森こそ夏のかげはしるけれ（隙間もなく生い茂って、大荒木の森は夏こそ涼しい日陰である）」をわざとあてつけたのであるが、こんなことを言い交わすのも不釣り合いな相手ではあり、だれかに見られたりしませんようにと光君は気にするが、女はまったく気にも留めていない。

君し来ば手なれの駒に刈り飼はむさかり過ぎたる下葉なりとも

（あなたがおいでくださったら、ご愛馬に刈って食べさせましょう、盛りの過ぎた下草ですが）

などと言ってくる様子は、じつに色っぽい。

「笹分けば人やとがめむいつとなく駒なつくめる森の木がくれ

（私の馬が笹を分けていったら、人が咎めるでしょう。いつなんどきも、森の木陰にはほかの馬が馴れ近づいているらしいですから）

それも面倒だからね」

と言って立ち上がる光君の袖をつかみ、

「こんなつらい思いをしたことはありません。この年になっていい恥さらしです」と典侍は大げさに泣き出す。

「そのうち伺います。そうしたいと思いながら、なかなかできないのです」

と振り切っていこうとする光君に典侍は懸命に取りすがり、

「そんなことをおっしゃって、このまま終わりにするおつもりなのでしょう」などと恨み言を言っている。着替えを終えた帝はその様子を襖の隙間から見てしまった。

まったく不釣り合いな二人だと思うと、なんだかおかしくなってきて、「女に目も向けないと女房たちが困っていたが、そうはいってもやはりあなたを見過ごすことはできなかったな」と典侍に言って笑った。典侍は照れくさそうにはしているが、好きな人とのことなら濡れ衣でも進んで着たがる人もいるという、その類いなのか、なんの弁解もせずにいる。

その噂が広まって、なんと意外な二人かと女房たちが取り沙汰しているのを頭中将が聞きつけ、女のことなら隅々まで手抜かりのない自分でも、あの女のことは考えもつかなかった、とはっとする。いくつになっても衰えない典侍の好き心に、にわかに興味を覚えた頭中将はとうとう典侍と懇ろな仲になってしまった。

頭中将も、ずば抜けてすぐれた貴公子なので、あの冷たいお人のかわりの気晴らしに、と典侍は思おうとしたのだが、逢いたいのはやはり光君ただひとりであったとか。選り好みもはなはだしいというものです。

典侍は頭中将との仲をひた隠しにしていたので、光君は知るよしもない。光君を見かけるたびに恨み言を言うものだから、こんな年老いているのにかわいそうだ、よろこばせてあげようと思いはするが、なかなか億劫でその気になれない。そのままずいぶん日にちがたってしまったある日、夕立が降り、そのあとの涼しくなった宵闇に紛れて、温明殿のあたりを光君がぶらぶら歩いていると、この典侍がそれはみごとに琵琶を掻き鳴らしている。帝の御前での音楽の催しでも、男たちに混じって演奏するくらいの腕前である上に、かなわぬ恋の恨みを胸に秘めているせいもあって、その音色は身に染みるような哀調を持って響いた。「いっそ自分をほしがっているあの瓜作りの妻になろうかしら」という意味の催馬楽を、たいそうな美声でうたっているのが、どうも気に入らない。しかしその美声から光君は、白楽天が身元を訊いても答えなかった、うつくしい歌うたいの話を思い出した。あの鄂州にいたという昔の女も、このような美声だったのだろうかと足を止めて聴き入った。琵琶の音が止み、典侍はずいぶんと嘆き悲しんでいるようである。光君は、この戸を開けてください、と催馬楽の「東屋」を小声でうたいながら近づいた。「どうぞ開けてお入りください」と、典侍も「東屋」の後を続けてうたう。そんなところも、ほかの女とは違うと思わせる。

　立ち濡るる人しもあらじ東屋にうたてもかかる雨そそきかな

（この東屋の軒から雨だれが落ちています、私を訪ねて、その雨に濡れる人などいるはずもありません）

と嘆くのを、自分ひとりがこんな恨み言を言われる筋合いもないだろうに、嫌になる、どうしてこうまでしつこいのだろうと、光君は思わずにはいられない。

人づまはあなわづらはし東屋のまやのあまりも馴(な)れじとぞ思ふ

（人妻はなんだか面倒です、あまり親しくするのはやめようと思います）

とでも言ってそのまま立ち去ってしまいたいが、それもあまりにもそっけないかなと思いなおし、調子を合わせてちょっとした冗談などを典侍と言い合って、これもまあ、珍しい経験ではあると思ったりする。

頭中将は、光君がひどく真面目ぶって振る舞い、いつも自分を非難するのが癪(しゃく)だと思っていた。実際は何食わぬ顔であちこち通っているところがたくさんあるらしいのを、いつか突き止めてやろうと常々思っていたところ、たまたまこの場に居合わせて、やった、という気持ちだった。こういうときにちょっと脅してこわがらせて、懲りましたか、とでも言ってやろうと、光君を油断させるためにしばらく様子を見ていた。

風が冷たくなってきて、次第に夜も更けてきた。少し寝入った様子なので、頭中将はそっと中に入った。典侍を相手に、気を許してぐっすり眠る気にもなれなかった光君は、すぐにその音を聞きつけた。けれどもまさか頭中将だとは思わずに、未だに典侍を忘れられずにいるという噂の修理大夫に違いないと思いこんだ。そんな分別ある大人にこんな場面を見られたら決まりが悪い、
「なんて面倒な。もう帰るよ。いい人がくることは蜘蛛の様子でわかっていただろうに。うまくだますなんてひどい話だ」と、直衣だけ手にして光君は屏風の後ろに隠れた。

頭中将は笑い出したいのをこらえて、光君が引きめぐらせた屏風に近づき、あわてさせてやろうと、わざと大げさにばたばたと音を立ててたたみ寄せる。典侍は、年をとっているけれども、こういうことには長けた経験豊富な女で、これまで幾度もこんなふうに危ない目にあっていたから、慣れたものである。内心ひどくうろたえてはいるものの、頭中将が光君をどんな目に遭わせるのかと心細さに震えながら、しっかりと頭中将に取りすがっている。光君は、自分がだれか知られないまま帰りたいと思うが、このだらしない恰好で、冠も歪んだまま駆け出していく後ろ姿を想像すると、あまりの醜態に、そうすることもできない。頭中将は、自分だとわからせないように何も言わず、ただすさまじく怒っているふうを装って、太刀を引き抜いた。女は、「あなた、やめてお願い、あなた」と、頭中将の前にまわり、手をすり合わせて拝むので、

頭中将は、あやうく噴き出しそうになる。色香ただよう若作りをしている、その見かけはともかく、五十七、八歳にもなろうという老女が、恥も外聞も忘れて大声を出し、麗しい二十歳の若人たちのあいだに挟まれておろおろしているのは、なんともみっともないものである。まったくの別人のように装って、おそろしげなふりをして見せているけれど、かえってそのせいで頭中将だと光君は気づいてしまう。頭中将がこちらがだれかわかっていて、わざとやっているのかと思うと馬鹿馬鹿しくなった。何をやっているのやら、あまりのおかしさに、太刀を抜いている頭中将の腕をつかまえて、力いっぱいつねった。見破られたか、と頭中将はくやしく思うが、こらえきれずに笑い出す。

「おいおい、本気なのかい。うっかりふざけてもいられないね。ちょっと、この直衣を着るから」

と言うが、頭中将がしっかりつかんで放さないので、着ることもできない。

「それなら、あなたもつきあいなさい」と、光君は頭中将の帯を解いて脱がせようとする。頭中将は脱がせまいとさからって、二人で引っ張り合っているうちに、直衣の袖が、縫い合わせていないところからはらはらと切れてしまった。

「つつむめる名やもり出でむ引きかはしかくほころぶる中の衣に

（包み隠そうとしている浮き名も漏れ出てしまうでしょう。引っ張り合って、
　二人の仲を包んでいた中の衣もこんなにほころびてしまったのですからね）
これを上に着たら、すぐばれてしまうよ」
と頭中将が言う。光君は、
「かくれなきものと知る知る夏衣きたるを薄き心とぞ見る
（あなたと典侍の仲まで知られることになると承知していながら、やってくる
　とは、ずいぶん思いやりのないことですね）」
光君はそう言い、二人とも恨みっこなしの、同じくらいしどけない姿でいっしょに
帰っていった。
光君は、まったく嫌なところを見られてしまったものだとくやしく思いながら横に
なった。ことの顚末にあきれた典侍は、後に残された指貫や帯を、翌朝光君に届けた。
「うらみてもいふかひぞなきたちかさね引きてかへりし波のなごりに
（お恨みしてもなんの甲斐もありません。お二人が次々といらしてさっとお帰
　りになった後では）
涙も涸れて涙川の底もあらわになるほどです」
と手紙にはある。まったくあつかましい言いざまだと、憎々しい気持ちで手紙を眺

めていたが、夕べの、途方に暮れていた面持ちを思い出すとさすがに気の毒になる。

あらだちし波に心は騒がねど寄せけむ磯をいかがうらみぬ

（荒々しく寄せてきた波――頭中将はなんとも思わないけれど、その波を招き寄せたあなたを、どうして恨まないでいられますか）

とだけ書いた。届けられた帯は頭中将のものだった。自分の直衣の色より濃いと思い、あらためて見ると、自分の直衣の端袖も切れている。見苦しいものだな、と光君は思う。女遊びに夢中になる人はこんな醜態をさらすことも多くなるのだ、いよいよ慎まねばならないと思わずにはいられない。頭中将が、自分の宿直所から「とりあえずこれを縫いつけてください」と、その切れた端袖を包んで送ってきたので、どうやって持っていったのだろうと光君はおもしろくない。もしもこの頭中将の帯をこうしてとっていなかったら、どんなにくやしかったろうと思う。その帯と同じ色の紙に包み、

なか絶えばかことやおふとあやふさにはなだの帯は取りてだに見ず

（もしあなたと典侍の仲が切れたら、私に帯をとられたせいだと恨まれやしないかと心配なので、この縹の帯には触れてもおりません）

と書き送った。折り返して、

「君にかく引き取られぬる帯なればかくて絶えぬるなかとかこたむ
（あなたにこうして帯――典侍をとられてしまったのですから、あの人との仲は絶えたのだとお恨みします）

ぜんぶあなたのせいですよ」とある。

日が高くなって、二人とも殿上の間に上がった。光君が、昨日のことなどなかったかのように澄ましているので、頭中将はおかしくてたまらない。その日は公事に関する奏上、宣下の多い日だったので、折り目正しくあらたまった態度でいるが、お互いについついつい苦笑してしまう。人のいない時を見計らって頭中将は光君に近づき、

「隠しごとはもう懲り懲りだろうね」と、得意そうな顔つきでじろりとにらむ。

「いいや、そんなことはないさ。せっかく忍んできたのにそのまま帰った人こそ、気の毒だよ。しかし真面目な話、『女はむずかしい』だね」と言い合って、「このことは他言無用」と互いに約束した。

さてその後、何かというと頭中将はこの一件を持ち出してくるので、これも結局はあの厄介な老女がいけないのだと、光君は思い知ることになる。典侍は未だに色っぽく恨み言を伝えてくるので、困ったものだと光君は逃げまわっている。頭中将は、妹の葵の上にこのことを告げ口することはせず、何かあった時に脅しの材料にしようと

心にしまっておいた。

身分の高い女性を母親に持つ親王たちでさえ、父帝の、光君にたいする扱いが別格なので、気を遣って遠慮しているのに、この頭中将は、どんなちいさなことでも光君にぜったいに負けるはずがないと対抗意識を燃やしているのである。左大臣の子息たちの中で、この頭中将だけが葵の上と同腹だった。彼は、自分と光君との違いは、光君が帝の子だというだけではないかと思っていた。自分だって、同じ大臣の中でも帝の信任のとくべつ篤い父左大臣が、帝の妹である内親王に産ませた息子であり、この上なくたいせつにされているのだから、まったく引けをとらない身分ではないかと思っているのだった。人柄も非の打ちどころなく立派で、何ごとにおいても申し分なく、不足なところもない青年である。つまらないことでも二人は張り合うので、見ていると不思議なほどだった。とはいえそんなことを語るのも面倒なので、省いて先に進みましょうか。

七月に、藤壺が正式に皇后に立つこととなった。光君は宰相（参議）になった。帝は、譲位しようという気持ちが強くなり、譲位後は、あたらしく生まれた若宮を東宮に立てたいと思った。けれども政治的な後見となる人がいない。母方は、みな親王たちばかりで、皇族が政事にかかわることはできない。せめて母宮だけでもしっかりした地位に就けて、若宮の後ろ盾にしようと考えた。当然ながら、弘徽殿女御（こきでんのにょうご）はますますもって心中穏やかではない。けれども、

「東宮のご治世ももうすぐなのだから、その時あなたは間違いなく皇太后の位に就く。安心していなさい」と帝は言い聞かせていた。確かに、東宮の母親となって二十年余りになるこの女御をさしおいて、先を越すようにほかの人を后に定めるのはなかなか難しいのではないかと、例によって、世間でもうるさく噂していた。

藤壺が、はじめて皇后として入内（じゅだい）する夜に、宰相となった光君はお供をした。同じ后といっても、藤壺は先帝の后腹の皇女である。その身分も姿も玉のように光り輝いて、その上帝の格別な寵愛をほしいままにしているお方だと、人々もそれは丁重に、格別の思いをこめて仕えている。せつなく藤壺を思い続ける光君は、御輿（みこし）に乗った藤壺の姿を思い浮かべ、いよいよ手の届かない人になってしまったと、胸を掻きむしられる思いである。

「尽きもせぬ心の闇（やみ）にくるるかな雲居（くもゐ）に人を見るにつけても

（尽きることのない心の闇で目の前が真っ暗になってしまった。はるかの高みにあの人を仰ぎ見ても）」

とだけ、独り言がつい口をつく。ままならない思いを光君は噛（か）みしめる。

皇子は月日ごと成長するにつれて、光君と見分けがつかないほど似てくる。そのことに藤壺は苦しんでいるが、気づく人はいないようである。たしかに、どのように作りかえても、光君ほどうつくしい人がこの世にあらわれるはずはないのだが、それでもこの二人のことを、月と太陽がともに空に輝いているみたいだと世の中の人々は思っているようだった。

花宴(はなのえん)

宴の後、朧月夜に誘われて

桜の宴の後、朧月夜に出逢ったのは、
恋をしてはいけない相手だったのかもしれません……。

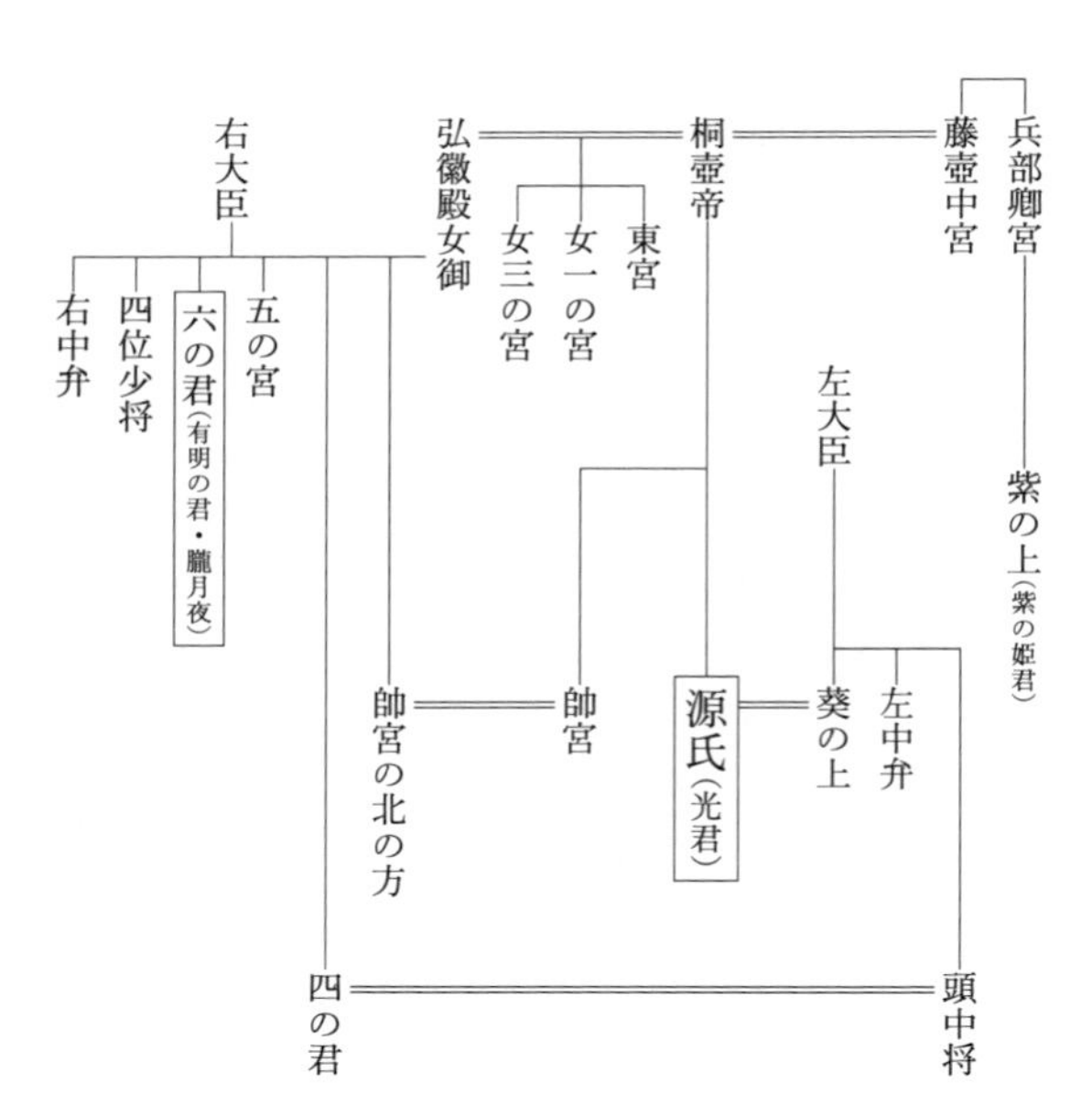
兵部卿宮
藤壺中宮
桐壺帝
弘徽殿女御
東宮
女一の宮
女三の宮
右大臣
紫の上（紫の姫君）
左大臣
左中弁
葵の上
源氏（光君）
帥宮
帥宮の北の方
五の宮
六の君（有明の君・朧月夜）
四位少将
右中弁
頭中将
四の君

*登場人物系図
△は故人

二月の二十余日に、南殿の桜の宴を催すことになった。后となった藤壺と、東宮の席が、それぞれ玉座の左右にしつらえられた。二人があらわれ、着席する。藤壺が后となったことを、未だにおもしろく思っていない弘徽殿女御であるが、今日のように盛大な宴にはじっとしていられず、物見に出向いた。

よく晴れて、空の色も鳥の声も心地よい日である。親王たち、上達部たちをはじめ、その道にすぐれた人々はみな、御前にて韻字をもらい、その韻字から詩を作る。宰相となった光君は、「春という字をいただきました」と言うが、その声もまた、いつものように並の人とはまったく異なっている。次に頭中将である。光君の後で自分が人々からどんなふうに見られるかたいそう気にしつつも、見苦しくなく落ち着いて、堂々と立派な声を出した。その後に続く者は、みな気後れしておどおどしている。殿上に上がることのできない地下の文人たちはまして、帝も東宮も詩才にすぐれている上に、漢詩の道にすぐれた人も大勢いる時世なので、なおのこと気が引けて、広々とした立派な紫宸殿の庭に出ていく時は、なんでもないことなのにじつに難しく思えてしまう。年をとった博士たちが、身なりはみすぼらしく貧相なのに、こういう場に慣れているのもしみじみといいもので、そうした人々を帝はたいへん興味深く眺めた。

　数々の舞楽も、いうまでもなく万端に用意させてあった。次第に日が傾いていくなか、「春鶯囀」という舞がとてもすばらしく、東宮は紅葉の賀での光君の舞を思い出す。冠に挿すよう桜を渡し、ぜひとも舞を、と幾度も頼むので、断ることができずに光君は立ち上がり、静かに袖を翻すところをひとさし、申し訳程度に舞ってみせる。それだけでも、だれも真似できないほどすばらしく見える。左大臣は日頃の不満も忘れて涙を流す。

「頭中将、どうした、早く」と帝に促され、頭中将は立ち上がり、こういうこともあろうかと心づもりしていたのか、「柳花苑」という舞を一段と念入りに舞った。じつに堂々たる舞だったので、頭中将は帝から御衣を頂戴した。珍しいことである。上達部たちも、みな順番もなく舞を披露したけれど、夜も更けてきて、うまいか下手かもわからない。作り上げた詩を読み上げる時、読み手の講師も光君の詩を一気に読むことなく、句ごとに読んでは褒め称えている。博士たちも、みごとだと感服するほかない。

　このような晴れ舞台の際に、いつも一座のまさに光となってしまう光君を、帝がおろそかに思うはずがない。藤壺は、光君の姿が視界に入るたび、弘徽殿女御はなぜあんなにこの君を憎むことができるのかと不思議に思い、また、こんなふうに君に惹かれる自分を情けなく思い、自戒するのだった。

　おほかたに花の姿を見ましかばつゆも心のおかれましやは
　（何ごともなくこの花のようなお姿を見るのであれば、露ほどの気兼ねもいらないでしょうに）

と、本人が心の中でひそかに詠んだ歌が、なぜ世間に漏れ広がってしまったのでしょうね……。

　夜がすっかり更けて、行事は終わった。

　上達部たちがそれぞれ退出し、藤壺も東宮も帰った。あたりはひっそりと静まり、月が明るく射しこんでそれはうつくしく、酔い心地の光君は、そのまま帰る気にはどうしてもなれなかった。清涼殿の宿直人ももう寝ているだろう。こうした不意の時に、もしかしてちょっとした隙があるのではないかと藤壺の御殿のあたりを光君はこっそりとうかがって歩いた。けれど、取り次ぎを頼もうにも女房たちの部屋の戸もぴったりと閉まっているので、ため息をつく。それでもあきらめることができずに、弘徽殿の西廂に立ち寄った。女房の部屋が並んでいる細殿に立ち寄ると、北から三間目の戸口が開いている。宴の後、弘徽殿女御はそのまま上の部屋に行ったので、女房たちもそちらにお供していったのか、人が少ない様子だ。母屋に通じる奥の扉も開いていて、人の気配もない。こうした不用心から男女の間違いは起こるのだと思いながら、光君はそっと細殿に上がって奥を見る。女房たちはみな寝てしまっているらしい。すると、たいそう若くてうつくしい声の、しかも並の身分とも思えない女が、「朧月夜に似るものぞなき」と口ずさんで、こちらに近づいてくるではないか。光君はうれしくなって、その袖をついとつかんだ。女はおびえた様子で、

「あら、嫌だ、どなた」と言う。

「こわがることはありませんよ。

深き夜のあはれを知るも入る月のおぼろけならぬ契りとぞ思ふ

（あなたがこの深夜の趣に感じ入るのも、私に逢うという前世からのよくよくの縁があるからだと思いますよ）」

と光君は言い、女を細殿に抱き下ろし、扉を閉めてしまった。思いもしなかったことに呆然としている女の様子が、好ましく、光君は心惹かれる。女はがたがたと震え、

「ここに人が」と声を上げるが、

「私は何をしてもだれにも咎められませんから、人を呼んでもなんにもなりません。静かにしてくださいな」と言うその声で、光君だとわかって女は少しばかり安堵した。困ったことになったと思いはするが、恋心のわからない強情な女だと思われたくない、とも思う。

光君は珍しく酔っぱらっていて、そのまま手放してしまうのは惜しいと思い、また女も女で、まだ若く、たおやかな性質で、強くはねつけるすべも知らないのだった。なんてかわいい人なのだろうと思っているあいだに、夜も明けてきて、光君は気が気ではない。まして女はあれこれと思い乱れている様子だ。

「どうか名前を教えてください。どうやってお便りすればいいのかわかりませんから。これで終わろうなんて、よもや思っていませんよね」と光君が言うと、

うき身世にやがて消えなば尋ねても草の原をばはじとや思ふ

（ふしあわせな私が名乗らないままこの世から消えましたら、草の原を分けてでも尋ね当てようとは思ってくださらないのですか）

と詠む女は、艶めいていて優雅である。

「その通りです。言葉が足りませんでしたね。

いづれぞと露のやどりを分かむまに小笹が原に風もこそ吹け

(名前を知らず、どこが露のようにはかないあなたの住まいかとさがしているうちに、風のように噂が立って私たちの縁が切れてしまわないか心配したのです)

迷惑でないのでしたら、隠すこともないでしょう。ひょっとして私をはぐらかすつもりですか」

と光君が言い終わらないうちに、女房たちが起きてきて騒がしくなる。上の部屋から下がる弘徽殿女御を迎えるためだろう、女房たちがせわしなく動きはじめている。光君は仕方なくそれぞれの扇を取り替えて逢瀬の形見とし、出ていった。

光君の宿直所である桐壺には、女房たちが大勢控えている。目を覚ました者もいて、光君の朝帰りに気づき、「なんと熱心なお忍び歩きでしょうね」などと、つつき合いながら寝たふりをしている。光君は部屋に入り寝ようとするが、眠ることができない。

きれいな人だったなあ。弘徽殿女御の妹君たちのだれかなのだろうけれど、ずいぶん若かったようだから五の君か六の君だろう。大宰の帥宮の妻や、頭中将があまりだいじにしていない四の君は美人だという評判だが、そういう人だったらもっとおもしろかっただろうに。右大臣は六の君を東宮に嫁がせるつもりらしいから、もしあの女がその六の君だったら気の毒なことになる。どうも右大臣家は面倒なことが多いし、あれこれ詮索しても五の君か六の君かはわからないだろう。あれきりで終わろうとはあの人も思っていない様子だったけれど、手紙をどうやってやりとりすればいいか、なぜ教えてくれなかったのだろう、などと思いめぐらせてしまうのも、女に心惹かれているからだろう。それにつけても光君は藤壺を思い出さずにはいられない。比べてみると、あのお方は、どこまでも奥ゆかしく、まったく近づきがたいものだ、と。

その日は後宴があり、光君は一日中忙しく過ごした。箏の琴の演奏をまかされていたのである。昨日の花の宴よりも、この日はのどかで優雅だった。藤壺は、夜明け前に上の部屋に上がっていった。光君は、一夜をともにしたあの有明の女君はもう宮中を退出してしまっただろうかと気もそぞろで、こういうことにかけては万事ぬかりない良清と惟光を立たせ見張りをさせておいた。帝の前から退出し、光君は良清と惟光を呼んだ。

「たった今、北門から、前もって物陰に用意してありました幾つかの車が退出いたしました。女御方の実家の人々がおりまして、四位少将や右中弁が急いで出てきて見送っておりましたから、弘徽殿女御ご一族が御退出されたのだと思います。様子からして相当な身分の方々とはっきりわかりまして、そのような車は三つばかりございました」

という彼らの報告を聞いて、胸がつぶれる思いがする。どうしたら何番目の姫君かなどと確かめられるだろう。父の右大臣の耳に入って、仰々しく大げさに婿扱いされても困る。それに、相手のこともまだよく知らないうちは、面倒なことになるかもしれない。かといって、相手がだれだかわからないままでいるのも嫌だ、いったいどうしたらいいのだろう。そんなことをあれこれと考えながら、光君は横になっていた。

紫の姫君がどんなにさみしがっているだろう。もう何日も逢っていないから、さぞやふさぎこんでいることだろうと光君はいじらしく思う。

逢瀬の形見として取り交わした扇は、桜色に塗った三重がさねで、色の濃い片面には霞んだ月と、それが水に映っている様が描かれている。ありふれたものだが、なつかしく感じるほど使いこまれている。「草の原をば」と言った女の面影が忘れられず、

世に知らぬここちこそすれ有明の月のゆくへを空にまがへて

（こんな思いは今まで味わったことがない。有明の月を空に見失ってしまうなんて）

と扇に書きつけて、とっておいた。

葵の上のいる左大臣家にもずいぶん顔を出していないのだが、やはり幼い姫君のことが気掛かりで、自邸の二条院に向かった。紫の姫君は見れば見るほどうつくしく成長し、愛嬌もあり、利発な気性が際立ってきている。自分の理想通りに教育してみようという光君の思いにかなっていると言える。教育するのが男なので、少々開けっぴろげなところがあるかもしれないというのが、光君には気掛かりではある。この数日のできごとを話して聞かせたり、琴を教えたりして日を過ごし、夜になって光君が出かけようとすると、またいつものお出かけかと残念そうではあるが、この頃はもう慣れて、聞き分けなく後を追い、まとわりつくようなことはなくなった。

左大臣家の葵の上は、いつものようにすぐには姿をあらわさない。光君は所在なくあれこれと考えごとにふけり、筝を手すさびに弾きながら、「貫河の瀬々の　やはら手枕　やはらかに　寝る夜はなくて　親離くる夫（やわらかい手枕で親しく眠る夜もなく　親が遠ざける私の夫よ）」と催馬楽をうたった。そこへ左大臣がやってきて、先日の花の宴がすばらしかったと話し出す。

「この老齢で、四代の天子にお仕えして参りましたが、このたびのように詩文がすぐれていて、舞楽や管絃もすばらしく、寿命が延びるような心地がしたことはありませんでした。それぞれの道での才人が多いなか、すべてくわしく承知し、ふさわしい人選をなさったあなたさまのお力ゆえでしょう。この年寄りも今にも舞い出してしまいそうな気持ちでございました」

「いいえ、とくべつ指図してどうこうしてはおりません。ただお役目として、すぐれた専門家たちを方々からさがしてきただけのことでございます。頭中将が舞った『柳花苑(りゅうかえん)』は、後々の世まで手本として伝えられるに違いありませんが、この栄えゆく御代(みよ)の春に、大臣ご自身が立ち上がって舞いはじめましたら、さぞかし一代の評判となったことでしょうね」と光君は言う。

左大臣の子息、左中弁と頭中将もやってきて、高欄(こうらん)に背をもたせかけ、思い思いに楽器の音色を合わせて合奏をはじめ、たのしい時を過ごす。

あの有明(ありあけ)の君(きみ)は、光君とのはかない夢のような逢瀬(おうせ)を思い出し、やるせなくもの思いにふけって日を過ごしていた。東宮に入内(じゅだい)するのは四月頃と決まっているので、どうしようもなく思いは乱れる。光君も、さがしあてるのに手がかりがないわけではないが、どの姫君ともわからないまま、とりわけ自分を認めようとしない右大臣一族にかかわり合うのも体裁が悪くてどうにもしようがない。

三月の二十日過ぎ、右大臣家で行われる弓の試合の折、上達部(かんだちめ)や親王(みこ)たちを大勢招いて藤の花の宴を催すことになった。桜の盛りは過ぎているが、「ほかの散りなむ後ぞ咲かまし（ほかの花の散った後に咲きなさい）」とでも教えられたのか、遅れて咲いた二本の桜がじつにうつくしい。弘徽殿女御の産んだ二人の姫君の成人の儀は、みごとに飾りつけられた新築の御殿で執り行われた。派手好きな右大臣家の好みの通りはなやかにしつらえてある。右大臣は、宮中で顔を合わせた折に光君も招待したのだが、来ていないようである。これは残念だ、催しの見栄えがしないと思った右大臣は、息子である四位少将を迎えにいかせた。

　わが宿の花しなべての色ならば何かはさらに君を待たまし
　（我が家の藤の花が並のうつくしさならば、あなたのお出でを待ったりしませんよ）

宮中にいた光君は手紙を受け取り、父帝にそのことを告げた。

「ずいぶん得意げな歌だ」と帝は笑い、「わざわざ迎えも寄越したのだから、早くお行きなさい。あなたの従姉妹にあたる内親王たちが育った邸だから、あなたのことも赤の他人とは思っていないのだろうよ」と言う。光君は身なりをきちんと整え、すっかり日の暮れた時分、ずいぶん待たせてから到着した。

ほかの人はみな正装をしているなかに、桜襲の唐の綺の直衣に、葡萄染めの下襲の裾を長く引き、皇子らしい洒落て優雅な装いで、丁重にかしずかれながら宴席に入ってくる光君は、呆気にとられるほどのうつくしさである。花の色香もそれにはかなわず、かえって興ざめに思えるほどだ。管絃の遊びなどをたのしみ、夜が更ける頃、光君は酔っぱらって気分が悪くなったふりを装って、さりげなく席を立った。

女一の宮と女三の宮がいる寝殿の、東側の戸口にやってきて、光君は長押に寄りかかった。藤の花はちょうどそのあたりに咲いているので、どの格子も開け放たれ、女房たちが端近くに座っている。女房たちはその袖口を、踏歌の儀式の時でもあるかのように、御簾から派手に押し出している。それを見て光君はみっともないと思い、またしてもあの藤壺の奥ゆかしさを思い出さずにはいられない。

「気分が悪いのにひどく飲まされて、弱っています。申し訳ないけれど、こちらなら私を隠してくれるのではないかと思いまして」と、光君は御簾をかぶって上半身を入れた。

「まあ、困ります。身分の低い者なら高貴な親族を頼ってくると申しますけれど、あなたさまは違いますでしょう」と言う女房の様子は、重々しくはないが、そのへんの若い女房ではなく、品がありたしなみ深いことがはっきりとわかる。部屋では香が煙るほど薫かれていて、女たちはわざと大きな衣擦れの音を立てている。奥ゆかしさに欠けた、派手好みの邸である。女宮たちが見物するというので、この戸口に座席を設けているのだろう。そんなことはすべきではないのだが、興味を覚えた光君は、このあいだの女君はどの人だろうかと胸をときめかせ、「高麗人に　帯をとられて　から き悔する……」という催馬楽を、「扇を取られて、からきめを見る……」と変えて、わざとのんびり言い、長押に身を寄せて座った。

「帯ではなくて扇なんて、変な高麗人ですわね」と言っているのは、事情を知らない女房だろう。御簾の向こうで、何も答えないが、ただときおり深くため息をつく気配を察し、光君はそちらに寄り添い、几帳越しに手をとった。

「あづさ弓いるさの山にまどふかなほの見し月のかげや見ゆると
（月の入るいるさの山でうろうろしています。ほのかに見た月が、また見えるかと思って）

なぜでしょうね」

と当て推量で言うと、相手もこらえきれなかったのだろう、

「心いるかたならませばゆみはりの月なき空にまよはましやは
（深くお思いでしたら、たとえ月が出ていなくても迷ったりなさるでしょうか。月のない暗い夜でもお通いになるはずです）」

と言うその声は、紛れもなく、あの夜の人である。光君はじつにうれしいのだけれども……。

葵（あおい）

いのちが生まれ、いのちが消える

男の子を産み落とした葵の上は、みずからのいのちまで落としてしまい……
最後まで打ち解け合えなかったことをさぞや悔やんだことでしょう。

＊登場人物系図
△は故人

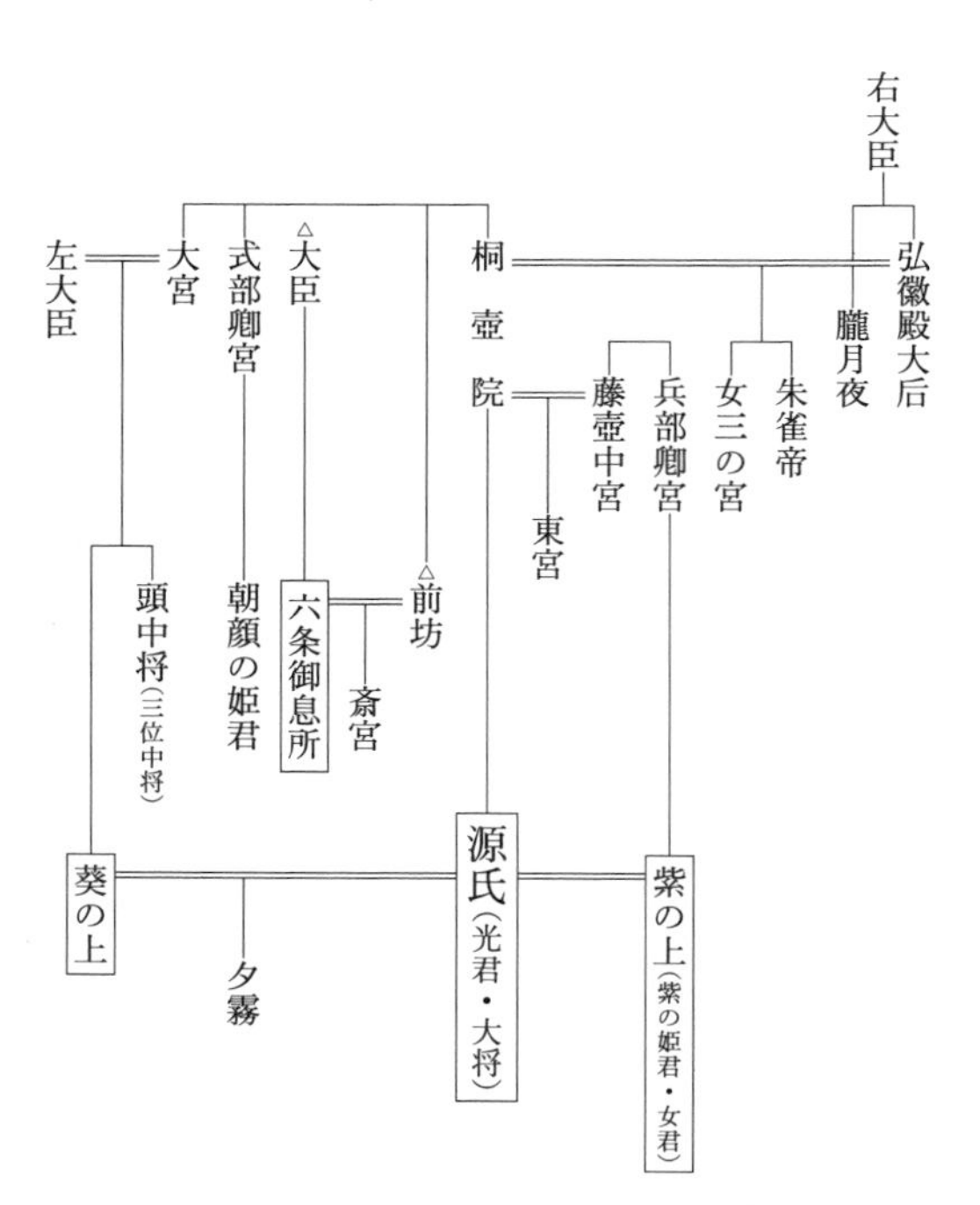

右大臣
弘徽殿大后
朧月夜
朱雀帝
女三の宮
兵部卿宮
藤壺中宮
東宮
紫の上（紫の姫君・女君）
桐壺院
源氏（光君・大将）
△前坊
斎宮
六条御息所
△大臣
式部卿宮
朝顔の姫君
大宮
左大臣
頭中将（三位中将）
葵の上
夕霧

　二年がたった。そのあいだに桐壺帝は譲位し、東宮であった朱雀帝が即位した。光君は何もかも億劫に感じられて仕方がない。宰相の中将から近衛の大将へと昇進したが、そのせいか、軽々しい忍び歩きも慎むようになった。あちこちの女たちが、なかなか逢ってもらえない嘆きを重ねていた。その報いであるかのように、光君自身も、逢ってくれない藤壺の心をどこまでも嘆き、悲しみに暮れている。

　譲位した後は、桐壺院と藤壺はごくふつうの夫婦のようにずっといっしょに暮らし、そのことをおもしろく思わない弘徽殿女御は、息子（朱雀帝）のいる宮中にばかり入り浸っている。もうほかに肩を並べて張り合う人もいない藤壺は、院の御所で気がねなく暮らしている。桐壺院は折々に、趣向を凝らした管絃遊びの催しを、世間でも評判になるほど盛大に開き、在位の時よりよほど幸福そうである。ただ、宮中にいる東宮がひたすら恋しかった。後見人がいないことを心配し、院は光君にあれこれと依頼した。気が咎(とが)めはするものの、東宮のために何かするのは光君にはうれしかった。

ところで、あの六条御息所(ろくじょうのみやすどころ)と、亡くなった前の東宮とのあいだに生まれた姫宮が、斎宮(さいぐう)として伊勢神宮に仕えることとなった。御息所は、光君の気持ちもまったく頼りにならないし、娘がまだ幼いから心配だという口実で、自分も伊勢神宮に下ってしまおうかとずっと考えている。

この噂(うわさ)を聞いた桐壺院は、

「我が弟の亡き東宮が深く愛してたいせつにしていた御息所を、あなたがそのへんの女と同じように扱っているのは気の毒なことではないか。斎宮も、私の皇女たちと同じように思っているのだよ。亡き東宮の気持ちを思っても、私の気持ちを考えても、御息所をぞんざいに扱うべきではない。いい気になって浮気などをする者は、世間から非難を受けることになるぞ」と機嫌が悪いので、光君はまったく仰せの通りだと心から思い、恐縮してそれを聞いている。

「相手に恥をかかせるようなことなく、だれをも傷つけることのないようにちゃんと扱って、女の恨みなど買わないようにしなさい」

院に言われた光君は、もし藤壺との不届きな恋の一部始終が知られたらいったいどうなるのだろうとおそろしくなり、かしこまってその場を退出した。

自分と御息所のことは院の耳にまで入っていてあんな忠告を受けたのだ、御息所の面目のためにも、自分のためにも、あまりにも浮気っぽく見苦しい振る舞いはやめようと思い、以前よりいっそう丁重に扱いながら、しかし光君は彼女を正妻としては迎えない。御息所も、自分がずっと年上なのを恥じて、光君に遠慮し、何も求めない。光君はそれをいいことにうやむやにして、今や院の耳にも入り、世間でも知らない人はいなくなったというのに、自分を正当に扱おうとしないことに、御息所は深く嘆き悲しんでいた。

このような噂を聞いた朝顔（あさがお）の姫君（式部卿宮（しきぶきょうのみや）の姫君）は、自分はなんとしても六条のお方の二の舞にはなるまいと強く思い、これまで光君の手紙に少しばかりは返事をしていたが、それもめったにしなくなった。そうかといって無愛想になるでもなく、気まずい思いをさせるわけでもない姫君を、やっぱり並の女ではないと光君は思うのだった。

左大臣家の葵の上（あおいのうえ）は、ふらふらと定まらない光君の心を憎んでいた。けれどこんなにも自分の浮気を隠さない人に何を言っても仕方がないだろうと思い、恨み言も言わずにいる。その葵の上はつわりがひどくて気分がすぐれず、ひどく心細そうにしている。光君は、妻のはじめての懐妊を心からよろこび、妻をいとしく思いはじめていた。

左大臣家では、だれも彼もが葵の上の妊娠をよろこびながらも、不吉なことも思い浮かんで不安になり、安産を祈ってさまざまな物忌みをさせている。こうなると光君も気の休まる時がなく、いい加減に思っているわけではないが、やはり六条御息所を訪れるのも間遠になってしまう。

その頃、賀茂神社の先代の斎院も退任し、弘徽殿皇太后の女三の宮があたらしい斎院になることとなった。父桐壺院、母弘徽殿大后の二人が非常にかわいがり、たいせつにしてきた姫宮である。その姫宮が神職というとくべつな身分になることが、父母にはつらくてたまらないが、ほかに、未婚の内親王という斎院の条件に見合う娘はいないのである。儀式は従来通りの神事であるけれど、それは盛大に執り行われることとなった。四月に行われる賀茂の祭は、決められた行事のほかに付け加わることが多く、見どころもすこぶる多い。それだけこの斎院がとくべつな身分だということである。御禊の日は、上達部など、規定の人数で供奉することになっているが、人望が篤く、容姿端麗な人々ばかりを選び、下襲の色合いから表袴の模様、馬や鞍に至るまで立派に調えられた。そればかりか、とくべつの仰せ言があり、光君も奉仕することとなった。

そんなわけで、物見車で見物にいく人々は、かねてから入念に支度をしている。宮中から賀茂河原へと続く一条大路は隙間もないくらいに混み、おそろしいほどの騒ぎである。見物のために作られた桟敷席も、思い思いの趣向を凝らした飾りつけをしている。見物するため女房たちが簾の下から押し出している袖口さえも、何もかもが見ものである。

左大臣家の葵の上は、祭見物などの外出もふだんからあまりせず、しかも気分が悪いので、出かけるつもりはまるでなかった。けれども若い女房たちが、

「どうしたものでしょう、私たちだけでひっそりと見物するのも、張り合いがないものですよ。今日の見物は、ご縁のない人でも、まずは光君を、みすぼらしい田舎者でも拝見しようとしているらしいですよ。遠い国々から妻子を引き連れて都までやってくるというのに、奥さまがご覧になりませんのはあんまりのことでございます」と言い合っているのを母宮が聞きつけた。

「ご気分も少しいいのでしょう。お仕えしている女房たちも残念がっているようですよ」と母宮に勧められ、葵の上は見物に出かけることにした。

日が高くなってから、あまりあらたまった支度もせずに一行は出かけた。隙間もなく物見車が立ち並んでいるので、一行は華々しく何台も牛車を連ねたまま、立ち往生する羽目になった。身分の高い女たちの乗った車が多い。身分の低い者のいない場所

を選び、そのあたりの車を立ち退(の)かせていると、その中に、少々使い古した網代車(あじろぐるま)があった。牛車の前後に垂れる下簾(したすだれ)も趣味がよく、下簾の端から少し見える乗り手の袖口、裳(も)の裾、汗衫(かざみ)も、着物の色合いがうつくしい。そんなふうに、わざと人目を避けたお忍びであることがはっきりとわかる車が二台ある。

「これはけっして、そんなふうに立ち退かせていいお車ではない」と従者はきっぱりと言い、手を触れさせせない。

しかしこの一行も、葵の上の一行も、どちらも若い者たちが酔いすぎて、どうにも止めようがないほど騒ぎ立てはじめる。年配の、分別ある従者たちは、「そんな乱暴はよせ」と止めるが、制しきれるものではない。

この一行、斎宮の母である六条御息所が、あまりにもつらい悩みから少しでも気を晴らそうと、お忍びで出かけた車であった。御息所のほうは、そうとは気づかれないようにしているが、葵の上方の従者たちは自然と気づいてしまった。

「それしきの者の車にえらそうな口を叩(たた)かせるな。源氏の大将殿のご威光を笠(かさ)に着ているんだろう」などと、葵の上の従者たちは当てこすりを言っている。葵の上の一行には光君方の者も混じっていて、御息所が気の毒だと思いながらも、仲裁などしてもっと面倒なことになっても困るので、みな知らぬ顔をしているのである。とうとう従者たちは葵の上の一行の車を立て続けに割り込ませてしまい、御息所の車はおのずと後方に押しやられてしまうかたちとなった。

見物どころか何も見えない。情けなさはもとより、こうして人目を忍んで出てきたのにはっきりと知られてしまったことがくやしくてたまらない。牛車の轅を載せる榻なども押し折られて、轅はそのへんの車の轂に打ち掛けてあるのも、なんとも体裁が悪い。いったいなぜのこのこと出てきてしまったのか、と御息所は苦々しく思うけれど、後悔しても詮ないことだ。もう見物もやめて帰ろうと思うが、抜け出す隙もないほどの混雑だ。そこへ「行列が来たぞ」という人々の声がする。そう聞くと、あの薄情なお方の姿をひと目見たいと心弱くも思ってしまう。光君は御息所の車に気づくこともなく、ちらりとも見ずに通りすぎていってしまう。その姿をひと目見ただけで、また御息所の心は千々に乱れる。

通りには、常よりずっと趣向を凝らした車が並んでいる。我も我もと大勢乗りこんだ女たちの袖口がこぼれる下簾の隙間を、光君は何食わぬ顔で通りすぎるけれど、ときどき興味を引かれて笑みを浮かべる。左大臣家の車にはさすがに気づき、その前を通る時光君はきりりと表情を引き締めた。光君のお供の人々もうやうやしく敬意を表して通りすぎていく。それを見ていた御息所は、自分だけが無視されたことがこの上なくみじめに思え、たまらない気持ちになる。

かげをのみみたらし川のつれなきに身の憂きほどぞいとど知らるる

（影を宿しただけで流れていく御手洗川のような君のつれなさに、その姿を遠くから見るだけだった我が身の不幸が身に染みます）

と、涙が流れてくるのを、女房たちに見られるのは恥ずかしいけれど、止めることができない。しかもその一方では、まばゆいほどの光君の姿、晴れの舞台でいよいよ輝くようなその顔立ちを見なかったら、やはり心残りだったろうと思うのである。

供奉の人々は、それぞれ身分相応に、装束や身なりを立派に整えている。その中でも上達部たちはことのほか立派であるが、光君ただひとりの輝く壮麗さに、みな見劣りするようである。大将の臨時の随身に、殿上人などがあたることは通常はなく、とくべつの行幸の場合のみの例外だが、今日は六位の蔵人で右の近衛の将監を兼ねた者が奉仕した。そのほかの光君の随身たちも、みな顔立ちも姿もまばゆいばかりの者たちが揃えられていた。このように世の中からかしずかれている光君には、木や草すらもひれ伏して、従わないものなどないように思える。

今日は、壺装束（外出着）姿の卑しからぬ女房たちや、世を捨てた尼たちも、倒れ転びながら見物に出てきていた。ふだんならみっともないと思えるが、今日ばかりは無理もない。年老いて口元がすぼみ、髪を着物にたくしこんだみすぼらしい女も、合わせた両手を額に押し当て、光君を拝んでいる。愚鈍そうなみすぼらしい男たちも、自分がどんな間の抜けた顔になっているかも気づかずに、満面に笑みを浮かべている。光君の目に留まることもないような、つまらない受領の娘まで、精いっぱい飾り立てた車に乗ってわざとらしく気取っている。そんないちいちがおもしろい見ものになっている。かと思うと、光君が忍び通いをしている女たちは、人の数にも入らない自分たちの身を嘆くのであった。

桐壺院の弟である式部卿宮は桟敷で見物していた。まばゆいほどに麗しくなっていく光君を見て、神にも魅入られてしまうのではないかと不吉にすら思う。その娘である朝顔の姫君は、光君がもう何年も心のこもった手紙を送ってくれていることを思う。手紙の送り主が平凡な容姿の人であってもきっと惹かれてしまうだろうに、ましてこんなにうつくしい人であることに胸がいっぱいになる。しかしこれ以上近しい存在になりたいとはかえって考えない。若い女房たちは、聞き苦しいほど口々に光君を褒めている。

祭の当日、左大臣家では見物をしないという。あの車の場所争いのことをくわしく報告する者がいたので、光君は困ったことになったと思い、また情けなく感じていた。

やはり葵の上は高い身分にふさわしく重々しいところがあるが、惜しいことに思いやりに欠けて、無愛想なところがある。葵の上は御息所をそれほど憎んではいないだろうが、妻と愛人は互いを思いやるような間柄ではないと考えている。その考えを受けて、付き添っていた下々の者がそんな争いごとを仕掛けたのだろう。気位高くたしなみ深い御息所はそんな目に遭わされてどんなにつらかったろうかと思うと胸が痛み、さすがの光君も御息所を訪れた。

しかし斎宮がまだ家にいるあいだは清浄の地であると言って、御息所はかんたんに逢ってはくれない。それもそうだ、仕方がないと思いながらも、光君は、どちらの女もそんなに強情なのはどういうわけだ、もっとやさしい気持ちになってもいいではないかとつい愚痴を漏らす。

祭の当日、ひとりで二条院にいた光君は、祭を見に出かけることにした。紫の姫君のいる西の対に向かい、惟光に車の用意を命じる。

「ちいさな女房さんたちは見物に行きますか」

光君は姫君に仕えている女童たちに言い、祭に行くためにうつくしく着飾った紫の姫君をほほえんで眺める。

「さあ、いらっしゃい。いっしょに見物しよう」いつもよりつややかに見える髪を撫で、「ずいぶん切っていないけれど、今日は髪を切るのには吉日だね」と、暦の博士を呼び、髪を切る時刻を調べさせる。「女房たちは先に見物にいってらっしゃい」とかわいらしい様子の女童たちを眺める。愛らしく切り揃えてある髪が、浮紋の表袴にかかって、くっきりとはなやかに見える。「あなたの御髪は私が切ってあげましょう」と髪に触れ、「ずいぶんとゆたかな御髪だね。これからどのくらい長くなるんだろう」と、切りづらさに難儀しながら言う。「どんなに髪の長い人でも、額髪は少し短くしているようだね。あなたのようにまったく後れ毛がないのも、風情があるとは言えないな」と、切り終わり、髪が千尋まで伸びるようにとの意味をこめ「千尋」と祝い言を口にする。乳母の少納言は、なんとありがたいことだろうとしみじみと感じ入って眺めている。

　　はかりなき千尋の底の海松ぶさの生ひゆくすゑはわれのみぞ見む

　（途方もなく深い海底に生える海松――あなたの髪が伸びていく先は、私だけ
　　が見届けよう）

と光君が詠むと、

　千尋ともいかでか知らむさだめなく満ち干る潮ののどけからぬに

（千尋の底の海松の行く末をひとりで見届けるとおっしゃいますけれど、本当

でしょうか。今だって、満ち干る潮のように定めなく落ち着かないあなたですのに)

と姫君は手近の紙に書きつけている。そんな様子はずいぶんと大人びていながら、初々しくもかわいらしく、光君は満たされる思いがする。

今日も、見物の車が隙間なく並んでいる。左近の馬場の殿舎のあたりで車の停め場所に困り、

「上達部(かんだちめ)たちの車が多くて、ずいぶんと騒がしいところだな」と停めるのを躊躇(ちゅうちょ)していると、派手に袖口を出した女車からすっと扇が差し出され、お供の者を手招きする。

「ここに車をお停めなさいませ。場所をお譲り申しますから」と女車の中から声がする。

いったいどんな風流な女だろうかと思いながら、確かにそこは見物にはいい場所だったので、光君は車を近づけた。

「いったいどうやってこんないい場所をお取りになったのか、うらやましいですね」と言うと、洒落(しゃれ)た扇の端を折り

「はかなしや人のかざせるあふひゆゑ神のゆるしのけふを待ちける

(つまらないことです、ほかの方が頭につけた葵――ほかの方のものになって

しまったあなたなのに、そうとは知らずに、男女が逢うのを神さまも許して
　くださる今日の祭を待っていたとは）
と書かれている。その筆跡を思い出してみれば、なんとあの源典侍ではないか。
注連縄の内側にはとても入ることなどできません」
年甲斐もなく若ぶってあきれたものだ、と憎らしく思った光君は、
　かざしける心ぞあだにおもほゆる八十氏人になべてあふひを
（葵をかざして逢瀬を待っていたあなたの心はあてになりませんよ、だれ彼か
　まわずに今日は逢う日なのでしょうからね）
とそっけなく返した。典侍はなんてひどいことを、と傷つき、
　くやしくもかざしけるかな名のみして人だのめなる草葉ばかりを
（お目にかかれるかと葵をかざしていたのがくやまれます、葵――逢う日なん
　て名ばかりの、虚しく期待させるだけの草葉にすぎないのですね）
と送った。
光君が、どこかの女君と車に乗って簾さえも上げないのを、妬ましく思う女たちも
多かった。先日の、御禊の日が立派な正装だったのにたいし、今日はすっかりくつろ
いだ恰好で車に乗っている光君を見て、同乗しているのはどんなすばらしいお方なの

かと女たちは噂し合った。典侍とのやりとりを、「張り合いのないかざし問答だな」と光君はもの足りなく思うけれども、この典侍ほどあつかましくない女性ならば、光君と同乗している女君に気が引けて、その場限りの返歌でも気やすくはできないはず。

六条御息所（ろくじょうのみやすどころ）は、以前にも増して思い煩い、苦しむことが多くなっていた。光君にはもう愛されまいとすっかりあきらめてはいるものの、このまま光君から離れて伊勢に下るのも心細く、また、世間の噂でも笑いぐさになるに違いないと悩んでいる。では京に留（とど）まるかと考えてみるが、このあいだの車争いのように、これ以上の恥はないほど人々に見下されながら京にいるのも心穏やかではない。まさに、「伊勢の海に釣（つり）する海士（あま）のうけなれや心一つを定めかねつる（古今集／まるで伊勢の海で釣をする海士の浮きのように、心はさだまらず揺らいでいる）」とうたわれる通り、寝ても覚めても思い悩んでいるせいか、自分でも正気が失（う）せたような気持ちがするようになり、次第に病人のようになってしまった。光君は、御息所の伊勢下りについて、そんなことはとんでもないと反対することもなく、

「私のようなつまらない者と逢（あ）うのも嫌になって、お見捨てになるのももっともです。けれど今はやはり、こんな私ですが、浅からぬお気持ちでずっと先までおつきあいし

ていただきたいと願っています」などと言ってくるので、ひとつに定めかねる心も少しは楽になるかと出かけたあの日に、車争いの一件があり、御息所はもう何もかも嫌になってしまったのだった。

　左大臣家では、物の怪が憑いているらしく、葵の上がひどく苦しんでいた。だれも彼もがひどく心配しているので、光君も気やすく忍び歩きをすることもできない。二条院にもそうそうは帰らなくなった。さすがに、正妻として格別に尊重している葵の上が我が子を身ごもって苦しんでいるので、光君としてもいたわしくてならず、左大臣家の自分の部屋であれこれと祈禱を行わせる。物の怪や生霊といったものが多く立ちあらわれ、憑坐に乗り移ってさまざまに名乗っていく中に、憑坐にもいっこうに乗り移らず、葵の上にひしと取り憑き、とくに激しく苦しめることもないけれど、かといってかたときも離れようとしない怨霊がひとつ、ある。たいそう験あらたかな僧の調伏にもめげず、その執念深さは尋常ではないようである。女房たちは、光君がお忍びで通う先をあれやこれやと見当をつけ、「光君がとくに愛していらっしゃるのは六条御息所と二条院の女性でしょう、このお二人なら、正妻の葵の上さまへの恨みも深いでしょうね」とひそひそ噂をし合って、陰陽師に占わせてみたりするが、ではだれかと特定もできずにいる。

そのほかは、物の怪といっても、とくべつに深い敵というわけでもないようである。葵の上の亡くなった乳母や、あるいは両親の血筋に代々祟り続けてきた死霊で、弱り目をねらって取り憑いたものなど、だれが主立ってということはなく、次々とあらわれては憑坐の口を借りてばらばらと名乗り出ている。葵の上はただざめざめと声を上げて泣き、ときどき胸を詰まらせては、こらえがたそうにもだえ苦しんでいるので、左大臣家では、どうなることかと不安に駆られ、悲しみに暮れながらうろたえている。桐壺院からもしきりにお見舞いがあり、畏れ多くも祈禱のことまで心配りをしてくれるので、ますますみな女君をたいせつに思い、嘆き悲しんでる。

世の中のだれも彼もが、葵の上の身の上を案じ心を寄せているという噂を聞いて、御息所は心中穏やかではなかった。今までは、これほどまでの敵愾心など持っていなかった。あの日のつまらない車争いのことで御息所の怨念に火がついたとは、左大臣家では思いもしないのだった。

あまりにも深い煩悶のせいで、正常の心ではいられなくなってしまったように感じられ、御息所は他所に移って加持祈禱をさせた。それを聞いた光君は、そんなに重い容態なのかと心配になり、気は進まないがようやく思い立って出かけることにした。

いつもの邸ではない仮の宿なので、光君は慎重に人目を忍んで出かけていった。

逢いたい気持ちはありつつもなかなか逢いにこられなかったことをどうか許してほしいと、とうとうお詫びをし、こちらにも病人がいて出かけられなかったと光君は御息所に訴える。

「私自身はそんなに心配していないのですが、親たちがこれは一大事だとばかりにうろたえているのもお気の毒で、こういうときはあまり出かけるべきではないと思ったのです。何ごともおおらかに見過ごしてくださればうれしいのですけれど」と言いながら、以前よりずっと痛々しい様子の御息所を、胸を締めつけられるような思いで眺める。

それでも打ち解けて心を通わせることもできないまま朝になってしまう。帰っていく光君の、輝くようなうつくしさを見て、やはりこのお方を振り切って遠くへいってしまうなんてとても無理だと考えなおさずにはいられない。けれども、光君のたいせつな人がご懐妊とあっては、ますます光君の愛情もそちらに深まるのだろうし、きっとその人のところに落ち着いてしまうに違いない。それなのに、こうしてずっと待ち続けるのは、尽きない苦しみを味わうだけだろう。なまじ逢ってしまったばかりに、かえって悩みが深くなったようなものだと考えていると、夕暮れ、光君から手紙だけが届く。

「この頃は少しよくなったように見えました病人が、突然ひどく苦しみ出しまして、そばを離れることができそうもありません」

と書いてあるのを、いつもの言い訳だと思いながらも、

「袖濡るるこひぢとかつは知りながらおりたつ田子のみづからぞ憂き
(袖が濡れる泥の田――涙に暮れる恋路だとは知りながら、深入りしていく我が身が情けないことです)

『山の井の水が浅いので(あなたのお心が浅いので)私の袖が濡れるばかり』というあの古歌の通りです」

と御息所はしたためた。

その手紙を受け取った光君は、大勢いる女君の中でも、なんと格別にうつくしい文字を書く人なのだろうと思い、まったく男と女というものはままならないと嘆息する。性格にも容姿にも、まったくいいところのない人などいるはずもなく、といってこの人こそ妻にと思い定められる人もいないのを苦しく思った。ずいぶん暗くなってしまったが、光君は筆をとる。

「袖だけが濡れるとおっしゃるのはどういうことでしょう。私への愛情がきっと深く

はないのでしょう。

浅みにや人はおりたつわが方は身もそほつまで深きこひぢを

（あなたは浅いところに下り立っておいでなのでしょう。私は全身ずぶ濡れになるほど恋路に深く入りこんでいますのに）

直接お目にかかってご返歌できないほどの、並々ならぬ事情があるのです」

葵の上の、物の怪による苦しみはますます激しくなった。御息所の生霊だとか、御息所の亡くなった父大臣の御霊だとか噂する者がいると耳にして、御息所はあれこれと考えてみる。あまりに思い悩むと、たましいは体を離れることがあるという。我が身の不運を嘆くことこそあっても、他人を悪く思うことなどないけれども、もしかしたらたましいがあのお方に取り憑いているのかもしれない。思い悩むことの多い年月だったけれど、今までこんなにも苦しんだことはなかった。それなのに、あのつまらない車争いで、あからさまにないがしろにされ、人並み以下に蔑まれたあの御禊の日からこの方、正気を失い空虚になった心のゆえか、少しでもうとうとすると夢を見る。夢では、葵の上とおぼしき人がうつくしく着飾っているところへ出向いていって、その人をつかんだり小突いたりしているうち、ふだんの自分とはまったく異なる荒々しい気持ちになって、乱暴に打ち据えたりしている。そんな夢を見ることが度重なっている。おそろしいことに、本当にたましいが体を抜け出していってしまったのか、虚けたような状態になったことも幾度もあった。それほどのことではなくても、他人のこととなると世間はいい噂などはまず立てないものだから、これはどんなふうにも言い立てられる打ってつけの話題の種だろう。そう考えると、ますます自分のことが話題にされそうな気がしてくる。亡くなってから怨霊になるのは世間にはよくあることだが、それだって、他人ごととして聞いてもおそろしく罪深いことに思える。まだ生きていて我が身のまま、そんな気味の悪い噂を立てられるなんて、いったいどんな情けない因果が自分にあるというのだろう。あの薄情な人のことなど、もういっさい思い悩むまい。御息所はそう思うのだが、そう思うこともまた、「思はじと思ふもものを思ふなり」——思うまいと思っているのがすでに思い悩んでいるということ——。

斎宮は、昨年内裏での精進潔斎に入るべきだったのだが、いろいろと差し障りがあり、この秋に入ることになっている。九月にはそのまま嵯峨野の野宮に移る予定である。その二度の御禊の準備をしなければならないのに、母御息所は魂が抜けたようになってぼんやりと病み臥しているので、斎宮に仕えている人々は、これはたいへんなことになったと祈禱をさまざまに頼んで行う。ひどく苦しむということもなく、また、どこが悪いということもないまま、御息所は日を過ごしている。光君も始終お見舞いの文をしたためるが、もっとたいせつな人がひどく患っているので、気持ちの休まる時もない様子である。

まだ出産の時期ではないと左大臣家ではみな油断していたところ、急に葵の上は産気づいて苦しみはじめた。これまで以上に効果のあるとされる祈禱をいろいろとさせてみるが、例の執念深い物の怪のひとつが取り憑いたままどうしても離れようとしない。霊験あらたかな験者たちも、これは尋常ならざることだとほとほと困っている。それでもなんとか手厳しく調伏したところ、物の怪はつらそうに泣き苦しみはじめた。

「どうか祈禱を少しゆるめてください。大将に申し上げることがあります」と物の怪は訴える。

「やっぱり何かわけがあるのでしょう」と女房たちはささやき合って、光君を几帳の近くに招き入れた。

そのままこときれてしまいかねない様子なので、光君に遺言でもあるのだろうと、左大臣も母宮も少し下がった。僧侶たちは物の怪に言われた通り加持をいったん止め、低い声で法華経を読んでいるのが、たいそう尊く響く。光君は几帳の帷子を引き上げて、葵の上を見る。じつにうつくしく、おなかだけがひどくせり上がった姿で臥している。そんな女君の姿を、赤の他人が見たとしても、いったいどうしていいのか心が乱れることだろう。まして夫である光君が、別れるのも惜しく、悲しみに暮れるのは無理からぬことである。出産のための白い装束に、黒い髪が映えている。たっぷりと長い黒髪を結って枕に添えてある。気取りも取り繕いもしないその姿こそ、あえかにうつくしく見え、光君は、こんなにもきれいな人だったのかと胸打たれる。光君は葵の上の手を取り、

「あなたはひどいよ。私をつらい目に遭わせるんだね」と言い、後はもう何も言えなくなって泣き出してしまう。今までずっと気詰まりで近寄りがたいまなざしだった葵の上は、気だるく光君を見上げる。じっと見つめているその目から涙がこぼれる。それを見て、どうして光君が深い愛情を感じないことができようか。

葵の上があまりにも激しく泣くので、両親たちのいたわしい心情を察してか、また、夫である自分とこうして見つめ合うのもこれきりと心残りなのか、と考えて、光君は口を開く。

「何ごともそんなふうに深く思い詰めてはいけないよ。たいしたことはない。それにね、もし万が一のことがあったとしても、私たちはかならずあの世で逢(あ)うさだめにな

っているのだから、また逢える。大臣や母宮、前世からの深い因縁がある間柄は、生まれ変わってもつながりが切れることはないのだ。来世でかならず逢えるのだから、どうか安心してください」

「いいえ、違うのです」と、葵の上の口を借りて物の怪は言う。「私の身がたいそう苦しいものですから、少しご祈禱をゆるめてくださいとお願いしたいのです。こうしてここにやってこようなどと、まったく思っておりませんのに、思い悩む者のたましいは、なるほど体から抜け出してしまうものなのですね」となつかしそうに言い、

嘆(なげ)きわび空に乱るるわが魂(たま)を結びとどめよしたがひのつま

(嘆き苦しみ、体を抜け出して宙をさまよう私のたましいを、下前(したまえ)の褄(つま)を結んでつなぎ止めてください)

と言うその声も雰囲気も、葵の上と似ても似つかず、まったくの別人である。これはどうしたことかと、あれこれ思いめぐらせていた光君は、あっと叫びそうになる。その声はまさに御息所(みやすどころ)その人である。これまで、下々の人々がとかく噂するのを不快な思いで耳にして、口さがない者たちの戯言(ざれごと)だと無視してきたけれど、今、まさにまざまざと目の前に見ているではないか。世の中には確かにこうしたことが起きるものなのだと、光君は忌(いま)わしく思う。

「そうおっしゃいますが、どなたかわかりません。はっきり名乗りなさい」
と不承不承口にするが、光君の目には、葵の上はもうすっかり御息所としか見えず、ぞっとする。女房たちがすぐ近くにいるので、光君は気が気ではない。

声も少しおさまり、いくらか苦しみが和らいだのだろうかと、母宮が薬湯をそばに持ってきたとき、葵の上は周囲の人々に抱き起こされ、まもなく赤ん坊が生まれた。一同はこれ以上ないよろこびに湧いたが、憑坐に乗り移らせた物の怪たちは無事な出産を妬んで騒々しくわめきはじめるので、後産をみんなが心配した。言い尽くせないほどの願をたくさん立てたおかげか、何ごともなく後産もすんだ。比叡山の座主や、だれそれという尊い僧侶たちは、得意顔で汗を拭いながら、ようやく退出していく。

多くの人の心を痛めつつ看病の日々が続いたその緊張も解けて、もうこうなったらだいじょうぶだろうとだれもが思っている。御修法などは、あらためてあたらしいものを加えてはじめるけれど、もの珍しい御子の世話に嬉々としてかまけて、みながほっとしていた。桐壺院をはじめ、親王たちも上達部たちも、ひとり残らず贈った産養（祝宴）の品々はじつに立派で、お祝いの夜ごとに見てみな大騒ぎをする。御子は男の子だったので、産養のあいだの儀式はいっそう豪華にはなやかに催された。

一方の御息所である。噂で流れてくる御子誕生の話が耳に入るにつけ、心穏やかではいられない。以前は葵の上は危篤だという噂だったのに、安産だったとは忌々しい、という思いがつい心をかすめる。御息所は自分が正気を失っていた時のことを思い返してみる。着物には、物の怪退散の祈禱で使われるはずの芥子(けし)の香が染みこんでいて、気味悪く思って髪を洗い着物を着替えたりしてみたが、芥子の香りは消えない。そんな自分を自分でも疎ましく感じるのだから、まして世間ではどんな噂をし、どんなふうに言い立てるのだろうと、だれにも言えず悩み苦しみ、ますます平常心を失っていくのである。

無事の出産に気持ちも落ち着くと、光君は、あの時の、異様な生霊(いきりょう)の問わず語りを不気味な気持ちで思い出さずにはいられない。御息所の元を訪れないまま日にちがたっているのも心苦しく気の毒であるし、けれどまた親しく逢えば、どうなるのか、きっと嫌な思いをするだろう、それではあの人に申し訳ない、などとあれこれ思いめぐらせ、御息所には文を届けるに留めた。

ひどく患った病後の葵の上を心配し、左大臣も母宮も油断はできないと気を張っているので、それもそうだろうと光君は忍び歩きをすることもない。葵の上はまだ苦しげにしているので、光君はいつものように対面することもできずにいる。不吉なほどにうつくしい若君を、光君が今から心を尽くしてたいせつに世話する様子は、並大抵のものではない。ものごとがすべて思い通りになったような気がして、左大臣はしみじみありがたいと思う。葵の上の容体がすっかりよくならないことは気掛かりではあるが、あれほど重かった病気の名残なのだろうと考え、深く心配してはいなかった。

生まれたばかりの若君の目元の愛らしさは、藤壺の生んだ東宮にひどく似ていて、光君はつい東宮を恋しく思い出してしまう。じっとしていることができず、参内しようと思い立つ。

「宮中にずいぶん長いあいだ上がっていないので、気になっている。今日は久しぶりに外出することにします。その前にもう少し近くで話したい。これではご様子もわからなくて、あまりにも他人行儀でつれない仕打ちだよ」と恨み言を言うと、

「おっしゃる通りです」と女房は答える。「体裁を気になさるような間柄ではないのですから、ひどくおやつれになったとは申しましても、几帳越しのご対面なんてとんでもないことです」と、葵の上の寝所の近くに席を作る。光君は枕元に寄って声をかけた。葵の上は時々返事をするが、なおも弱々しい。けれども、もうすっかりだめだとあきらめた時の様子を思うと夢のようにも思えてくる。危篤に陥った時のことなどを光君は話して聞かせるが、あの息絶えたようだった彼女が、急に別人のようになってくどくどと話し出したことが思い出されて気持ちがふさぎ、「いや、もう、話した

いことはたくさんあるのだけれど、まだ気だるそうだね」と言い、「お薬を飲んでください」と世話をはじめる。そんなことまでいつのまにお覚えになったのだろうと、女房たちは光君に感心しきりである。

楚々としてうつくしい女君が、ひどく衰弱し、やつれて、生きているのか確信できないほどの様子で臥せっているのは、いじらしく、痛々しく感じられる。ひと筋として乱れることなく、はらりと枕を覆う髪は、この世に類を見ないほどのうつくしさに思え、この人を妻に娶って十年もの歳月、この人のいったいどこに不足があると思っていたのだろうと、不思議な気持ちで光君は葵の上を見つめる。

「院の御所に参りますが、すぐ退出してきます。こんなふうに、ずっと近くにいられたらうれしいのだけれど、母宮がおそばにいらっしゃるから、とずっと遠慮していたんだ。それもずいぶんつらいものだ。だから少しずつ元気を取り戻して、いつもの部屋に移っておくれ。子どものように甘えているから、こんなにいつまでもよくならないのだよ」

そんなふうに言って、見目麗しく装束を着た光君が出ていくのを、葵の上は、いつもとは異なり、臥せったままじっと見つめて見送っている。

秋の官吏が任命される儀式の日だったので、左大臣も参内した。昇進のことなどでて参上する。

口添えをしてほしくて、このところ左大臣のそばを離れない子息たちも、ともに続い

邸内のひとけも少なくなり、ひっそりと静まり返った頃、葵の上がまたしても胸を詰まらせ、激しく苦しみはじめた。光君をはじめ内裏にいる人々に知らせる余裕もなく、葵の上は息を引き取った。

知らせを聞いてだれも彼も足も地に着かない状態であたふたと退出した。官吏任命の除目の日ではあるけれど、こうしたやむを得ない支障で、何も決まらずに終わった。この大騒ぎが起こったのは夜中で、比叡山の座主やだれそれという僧都たちに来てもらうこともできなかった。いくらなんでももうだいじょうぶと安心していた矢先の、あまりにも思いがけない急変に、左大臣家の人々はあわてうろたえている。各方面から続々と弔問の使いが詰めかけるけれど、取り次ぐこともできず、邸内は上を下への大騒ぎで、身内の人々の動揺も空おそろしいほどである。これまでもたびたび、物の怪に取り憑かれてこと切れたように見えたこともあったので、枕も北枕にせず、二日三日と様子を見ていたが、いよいよ死相がはっきりとしてきた。もうこれまでとあきらめざるを得ないのが、だれも心底悲しく、やりきれない思いである。

妻の死が悲しいばかりでなく、気味悪いこともあったので、光君は、男女の関係と

はなんと厭わしいものだろうと身に染みて、深い間柄の女たちの弔問もすべてわずらわしいものに思える。桐壺院もまた嘆き悲しみ、弔問の使いを送った。それが畏れ多くもありがたく、左大臣はかなしみに加えうれし涙も流す。人の勧めに従って、生き返らせようと大がかりな祈禱の数々をみな試してみた。一方、亡骸がどんどんいたんでいくのを目の当たりにして、左大臣家の人々は際限なく取り乱しているけれど、なんの甲斐もなく日が過ぎていくので、もうどうにも仕方がないと、鳥辺野に亡骸を運ぶこととなった。人々はふたたび見るにたえないほど悲しみに暮れる。

あちこちから葬送に参列する人々や、寺々の念仏僧たちが集まり、広大な野原は埋め尽くされる。桐壺院はもちろん、藤壺、東宮からの使者、そのほか各所からの使者も次々にあらわれ、言い尽くせないほどの哀悼の言葉を述べる。左大臣は立ち上がることもできず、

「こんな老齢の末に、若い盛りの娘に先立たれ、悲しみのあまり足も立たず這いまわることになろうとは」と、我が身の不運を恥じて泣き濡れるのを、大勢の人々が痛ましく見つめることしかできないでいる。

夜通し、大層な騒ぎの盛大な葬儀が行われたが、じつにはかない遺骨のほかは何も残らず、夜明け前のまだ暗いうちに帰ることとなった。人の死は世の常ではあるけれ

ど、人の死に目に会うのは一度か二度しか経験していなかった光君は、たとえようもないほど葵の上を恋い焦がれている。八月二十日過ぎの有明月の頃なので、空もまた悲しみをたたえているような風情だ。さらに、子に先立たれた悲しみに沈み、取り乱している左大臣の姿を見て、それも無理からぬことと痛ましく思い、光君は空ばかり眺めている。

　のぼりぬる煙はそれとわかねどもなべて雲居のあはれなるかな

　（立ち上っていった火葬の煙は、雲と混じり合って判別がつかないけれど、空のすべてがしみじみとなつかしく思える）

左大臣家に帰ってきてからも、光君は一睡もできず、葵の上と夫婦であった長い年月を思い出しては、思う。

どうして、いつかは自分の気持ちをわかってくれるさ、などとのんびりかまえて、気まぐれな浮気なんてして、恨まれるように仕向けたんだろう。夫婦になってからずっと、この私のことを、心を許せない気詰まりな夫と思ったまま、一生を終えてしまったのだな……。

どうにも取り返しのつかないことばかり次々と思い出すけれども、今となってはどうしようもない。鈍色の喪服を着るのも、夢を見ているようである。もし自分が先に逝っていたら、あの人はもっと濃い鈍色に染めていただろうと思うとまた悲しみがこみ上げる。

限りあれば薄墨衣浅けれど涙ぞ袖をふちとなしける

（妻を亡くした場合のしきたり通り喪服の色は薄いけれど、悲しみは深く、涙は袖を淵としてしまう）

経文を読みつつ、「法界三昧普賢大士」と低く唱えている光君の姿は優美で気品に満ち、修行を積んだ法師よりも尊く見える。生まれたばかりの御子を見ても、「この子がいなければ何によって故人を偲ぶことができよう」といっそう涙があふれてくるが、せめて忘れ形見として御子を残していってくれたのだと自分の心をなぐさめる。

母宮は悲嘆に暮れて、臥せったまま起き上がることができず、命まで危ないように見えるので、左大臣家の人々はまた騒ぎ出し、祈禱などをさせる。

はかなく日は過ぎていき、七日ごとの法事の準備などをするのだが、こんなことになろうとは思っていなかったので、左大臣の悲しみはただ増すばかりである。取り柄のないつまらない子どもでも、亡くなれば親はどれほど悲しむだろう。葵の上に至ってはその比ではないのも致し方ないことである。葵の上のほかに姫君がいないことすらもの足りなく思っていたのに、今は、たいせつに袖の上に捧げ持っていた玉が砕けた、などというよりもっと深い嘆きようである。

光君は、二条院にほんの少し帰ることもせず、心の底から悲しみに打ちひしがれ、仏前の行いを几帳面(きちょうめん)に続けて日を過ごしている。それまで通っていたあちらこちらの人々へは、手紙だけ送っていた。

あの御息所は、斎宮の姫君が宮中で潔斎(けっさい)の場にあてられた左衛門府(さえもんのつかさ)に入ってしまったので、さらに厳重な潔斎であるのを理由に互いに手紙も送っていない。つらいものだと身に染みた世の中も、今は一切合切が厭わしくなってしまい、絆(ほだし)となる子さえ生まれていなかったら、念願の出家の生活に入ってしまうのにと光君は思うのだった。けれどそう思うやいなや、西の対(たい)の紫(むらさき)の姫君の、さみしく暮らす様子が思い浮かぶ。

夜は、宿直(とのい)の女房たちがそばに控えてはいるけれど、御帳の中の独り寝がさみしくて、「時も時、このさみしい秋に逝ってしまうとは」と亡き人恋しさに幾度も目覚めてしまう。声のいい僧ばかりを選んでそばに仕えさせ、彼らが念仏を唱えている明け方など、たまらない悲しみに襲われる。

晩秋の、哀愁を帯びた風の音が身に染みると思いつつ、慣れない独り寝で眠れず、夜を明かしてしまった時のことである。夜がほのぼのと明ける頃、霧の立ちこめる庭の、花の咲きはじめた菊の枝に、濃い青鈍(あおにび)の紙に書かれた手紙を結びつけたのを、だれか使いの者がそっと置いて立ち去った。ずいぶん気の利いたことをするものだと光君が手紙を見ると、御息所の筆跡である。
「お悲しみの最中と思い、手紙を差し上げなかった私の気持ちはおわかりいただけますでしょうか。

人の世をあはれときくも露けきにおくるる袖を思ひこそやれ
（人の死を聞き、この世の無常を思うと涙がとまりません。ましてや後にお残りになったあなたの袖は、涙でどれほど濡れていることでしょう）

今朝の空の色があまりに胸に染みて、つい書かずにはおられませんでした」
とある。いつもよりもみごとに書いてあるものだと、さすがに放り置く気にはならずに眺めているが、それにしても、何食わぬ素振りでの弔問かと疎ましい気持ちになる。だからといって、このままぱったり手紙を書かないのも気の毒だし、御息所の名前を汚すことにもなるだろうと光君は思案に暮れる。亡くなった葵の上はそういう運命だったのだろうけれど、ではなぜ、あんな生霊を、この目でしかと見この耳ではっきり聞いてしまったのかとくやしく思うのは、自分の心ながらやはり御息所への気持ちが戻りそうにないからである。斎宮の潔斎は厳重で手紙を送るのは憚（はばか）られるし、などと、光君は長いあいだためらっていたが、やはり返事をしないのは思いやりに欠け

ると考え、鈍色（にびいろ）がかった紫の紙に、

「ずいぶんとご無沙汰をしてしまいましたが、あなたを忘れたわけではありません。お手紙を差し上げるのをご遠慮していた私の気持ちはわかってくださるかと思います。

とまる身も消えしもおなじ露の世に心置くらむほどぞはかなき

（生き残った者も亡くなった者もいずれも同じこと、霧のようにはかなく消えるこの世にいつまでも執着しているのは、つまらないことです）

あなたもどうぞ執着をお捨てくださいませ。喪中の身からの手紙はご覧にならないかと思い、私のほうもしるしばかりのお返事です」

と書いた。

ちょうど六条の自邸に戻っていた御息所は、こっそりとその手紙を読んだ。後ろめたい気持ちがあるので、光君が何を言わんとしているのかがはっきりとわかり、やっぱりそうだったのかと消え入りたい気持ちで思う。

やはり、自分はどこまでもつらい運命を与えられているのだ、生霊となった噂まで立ってしまっては、桐壺院もどんなふうにお思いになることか……ご同腹のご兄弟たちの中でも、亡き夫と院はとくべつ親しい間柄でいらした。この斎宮の姫君の御事についても、こまごまと夫が遺言申し上げたから、院も、亡き弟のかわりとなって、引

き続きお世話しようと仰せになったのだ。この私にも、このまま宮中でお暮らしなさいと再三お勧めくださって、それをとんでもないこととお断りして、この世のことはもうあきらめていた。それなのに、年甲斐もなく取り憑かれたような恋をして、ついに悪い噂を流されても仕方ないところまで来てしまうとは……。御息所はさらに思い悩み、未(いま)だに気持ちも不安定である。

とはいえ御息所は、この件以外においては、たしなみ深く趣味もゆたかな方だという評判で、昔から広く知られている。斎宮が野宮へ移った時も、新鮮な趣向をいろいろに凝らしたので、とりわけ風流を好む殿上人(てんじょうびと)たちは朝な夕な嵯峨野(さがの)の霧を分けて、野宮を訪れるのを日課とするようになった。そんなことを耳にすると、光君も、それももっともだと思うのである。たしなみ深くすぐれた人なのだから、もし俗世が嫌になって伊勢まで下ってしまったら、それはそれでじつにさみしいことになるだろうと思いもするのだった。

七日ごとの法要は次々と終わるが、光君は四十九日までは引き続き左大臣邸にこもっている。光君のこうした慣れない退屈な暮らしを気の毒に思い、三位中将(さんみのちゅうじょう)（かつての頭中将(とうのちゅうじょう)）は始終つきっきりで、世の中のさまざまなことを――真面目な話も、またいつものように色恋の話も、あれこれと話してはなぐさめている。そんな時、二人で大立ちまわりをした典侍のおばば殿のことがきまって笑い話の種になるのだった。

「かわいそうじゃないか、おばば殿のことをそんなふうに軽んじちゃいけないよ」

光君はそう咎めながらも、いつも笑ってしまう。

あの十六夜の月に、暗い中で中将に見つかった時のことや、ほかのことも、それぞれの色恋について洗いざらい打ち明け合いながら、しまいには、人の世のはかなさを語り合い、つい泣いてしまうのだった。

時雨が降り、人恋しい思いをそそる日暮れ時、中将は鈍色の直衣と指貫を一段薄い色のものに衣替えして、ずいぶんと男らしくすっきりした出で立ちであらわれた。光君は西の妻戸前の高欄に寄りかかり、霜枯れの前庭を見ている。強い風が吹き荒れ、時雨がさっと降りそそいだ時、時雨と涙を争っているような気持ちになり、「雨となり雲とやなりにけん、今は知らず」と唐の劉禹錫が愛人を失った悲しみをうたった詩の一節を口ずさんで、頬杖をついている。その姿があまりにうつくしいので、中将は、もし自分が女で、この人を後に残して逝かなくてはならないとしたら、きっとたましいはこの世に残ってしまうに違いない、などとついじっと見つめてしまう。中将が近くに座ると、光君はしどけない恰好をしながらも直衣の入れ紐だけを差しなおし、襟元を整える。光君は、中将よりももう少し濃い鈍色の夏の直衣に、紅色の袿を着ているが、その地味な姿に、かえって見飽きることない風情がある。

「雨となりしぐるる空の浮雲をいづれのかたとわきてながめむ
　（妹は煙となって空に上ったが、この時雨れる空の浮雲のどれがいったいその煙だろう）
妹はどこへ行ってしまったのだろうね」

とつぶやく中将に、

見し人の雨となりにし雲居さへいとど時雨にかきくらすころ
（亡き妻が雲となり雨となってしまった空も、時雨降る冬になり、ますます悲しみに閉ざされてしまう）

と光君は詠む。心底悲しがっているふうなので、夫婦とは不思議なものだと中将は思う。生きている時はそれほど愛情を持っているとは思えなかった。そのことについて桐壺院からも見かねて仰せ言があり、左大臣の厚意ある世話もあり、桐壺院の妹である母宮との間柄もある、そうしたことに縛られて葵の上から離れられないのだろうと思っていた。気の進まない結婚をやむなく続けているのだろうと、気の毒に思うこともしばしばだった。けれど、本当にたいせつな正妻として格別に重んじていたらしいと気づかされ、中将は今さらながらに妹の死が無念である。世の中から光が消えてしまったような気がして、ひどく気落ちしてしまう。

枯れた下草の中に竜胆(りんどう)や撫子(なでしこ)が咲いているのを見つけ、光君は仕えの者にそれを折らせた。中将が立ち去ると、光君は若君の乳母(めのと)である宰相の君に、母宮宛ての手紙を託した。

「草枯れのまがきに残るなでしこを別れし秋のかたみとぞ見る
（下草の枯れた垣根に咲き残る撫子を、過ぎ去った秋の形見と思って見つめています）

母上にはやはり、亡き母である葵の上のうつくしさに、若君は劣って見えるでしょうか」

若君の無垢(むく)な笑顔はじつに愛くるしい。風に吹かれて散る木の葉より、もっと涙もろい母宮は、光君の手紙を読んでこらえきれずに涙に暮れる。

今も見てなかなか袖(そで)を朽(くた)すかな垣ほ荒れにしやまとなでしこ
（お手紙をいただいた今も、若君を見て、涙で袖が朽ちるようです。荒れ果てた垣根に咲く撫子――母を亡くした子なのですから）

どうしてもさみしさの拭えない光君は、この夕暮れのもの悲しさはきっとわかってもらえるだろうと、朝顔の姫君に手紙を送る。ずいぶん久しぶりだったけれど、いつものことではあるので、姫君に仕える女房たちは気にすることもなく手紙を見せた。今の空の色と同じ唐（から）の紙に、

「わきてこの暮（くれ）こそ袖は露けけれもの思ふ秋はあまたへぬれど

（今日の夕暮れはとりわけ涙を誘い、袖を濡らします。もの思いに沈む秋は、
もう何度も経験しましたのに）

時雨（しぐれ）は毎年のことですが」

とある。その筆跡を見ても、いつもより一段と心をこめてていねいに書いていることが伝わってきて、「これはご返歌しなければなりません」と女房たちも言い、また姫君もそう思ったので、返事を送ることにした。

「喪に服していらっしゃることを案じながらも、とてもこちらからはお便りできませんでした」とまずあり、

「秋霧に立ちおくれぬと聞きしよりしぐるる空もいかがとぞ思ふ

（秋に、女君に先立たれてしまったと伺いましてから、時雨の空をどのような
気持ちでご覧になっているかと思っておりました）」

とだけ薄い墨でしたためられて、見るからに奥ゆかしい。

何ごとにつけても、実際に逢うと想像よりすばらしいという人はまずいないのが世の常なのだが、つれなくされるとますます惹かれるのが光君という人の性分なのだ。朝顔の姫君はそっけなくはあるけれど、ここぞというときには必ずしみじみした思いに共感を示してくれる。こういう関係だからこそ、互いにずっと思いやりを持ち続けられるというもの。たしなみや風流も度が過ぎるとかえって鼻についてしまう。紫の姫君をそんな女には育てたくない、と光君は思う。きっと二条院の対の部屋で、人恋しく過ごしているのだろう。紫の姫君を忘れたことはないけれど、それは母親のいない子をひとり置いてきたような気掛かりであって、逢えないことでどんなに自分を恨んでいるかと心配するのとは違い、まだ心が楽であった。

すっかり日が暮れた。光君は灯火を近くに持ってこさせ、気を許した女房たちを呼んで思い出話をし合った。中納言の君という女房は、前からずっと光君と内々で関係を持っていたが、葵の上の喪中にあって、光君はそんな素振りを微塵も出さない。それを、亡き人への深い思いやりだと中納言の君はありがたく思っていた。ただの話し相手として、光君は打ち解けて口を開く。

「こんなふうに幾日も、前よりずっと親しくいっしょに暮らした後に、離れなければならなくなれば、きっとたまらなく恋しくなるのだろうね。妻を亡くした悲しみはそれとして、あれこれ考えてみると、つらいことが多いね」

　それを聞いて女房たちはみな涙を流し、

「今さらどうにもできないことは、闇に閉ざされたような心持ちにはなりますが、仕方のないことです。けれどあなたさまがこのお邸を見限って、ふっつりいらっしゃらなくなることを考えますと……」と、もう言葉が続かない。それを見て胸が痛み、光君は言う。

「見限るなんてことがあるものか。よほど私が薄情な人間だと思っているのだね。もっと長い目で見てくれれば、きっとわかってもらえるのにな。けれどこの私だって、いつどうなるかわからないからね」

　と、灯火を見つめる目元が涙に濡れて、神々しいほどうつくしい。

　葵の上がとくべつかわいがっていた幼い女童が、両親もおらず、じつに心細そうにしているのに気づいた光君は、それも無理ないことと思い、

「あてき、これからは私を頼らなければならなくなったね」と声をかけると、童は声を上げて泣き出す。ちいさな衵をだれよりも黒く染めて、黒い汗衫や萱草色の袴を身につけて、ずいぶんとかわいらしい。

「昔を忘れないでいてくれるなら、さみしいのをこらえて、まだ幼い若君を見捨てずに仕えてください。生前の名残もなく、あなた方まで出ていってしまったら、ここのつながりも切れてしまうだろうから」

と、みなが気持ちを変えないようにあれこれと口にするが、さてどうだろう、光君が訪れるのもますます途絶えがちになるかと思うと、やはり女たちは心細くてたまらない。

左大臣は、女房たちの身分によって差をつけながら、身のまわりのものや、格別な葵の上の形見の品を、あまり仰々しくならないように気をつけて、みんなに配った。

光君は、こうして引きこもったまま日を過ごしているわけにはいかないと思い、桐壺院の元へ参上することにした。車を引き出し、先払いの者が集まりはじめると、悲しむ時を知っているかのように時雨がさっと降りはじめ、風が木の葉を散らして吹き荒れる。女房たちはいっそう不安になって、少しは紛れることもあった悲しみがまたぶり返し、みな涙でその袖を濡らすのであった。今夜はそのまま二条院に泊まるとのことなので、お付きの者たちもそちらで待とうと、みなそれぞれに出かけていく。今日を限りに光君が来ないなどということはないだろうけれど、みな一様に悲しみに暮れる。左大臣も母宮も、今日、光君が出ていくことに、また深い喪失感を味わうのだった。母宮に宛てて光君は文を送る。

「院が、どうしているかとおっしゃっておられますので、本日そちらに参ることにいたしました。ほんの少し外出するにつけても、あんな悲しみの中、よく今日まで生きながらえたものだと胸を掻きむしるような思いでございます。お目に掛かってご挨拶するとなおのこと悲しみがこみあげてきそうですので、そちらへはお伺いいたしません」

とあり、母宮は流す涙で目も見えないほど泣き、返事を書くこともできないでいる。左大臣がすぐに光君の元に来る。こらえきれないように袖を顔に押し当てて離すことができない。それを見ていた女房たちもさらに悲しくなるのだった。

この世のはかなさに思いめぐらせて、さまざまな感慨を覚えて泣く光君は、悲しみに深くとらわれていながらも優美でうつくしかった。左大臣はなんとか涙をこらえて口を開く。

「年をとりますと、ささいなことにも涙もろくなるものですが、ましてや涙の乾く間もないくらいのどうしようもない悲しみを、とても静めることができません。他人が見ても、取り乱して、心の弱い者だと思うでしょうから、私はとても参上などできません。何かのついでに、そのように奏上ください。余命幾ばくもない老いの果てに、子どもに先立たれるなんて、こんなにつらいことがありましょうか」

無理に気を静めて言う左大臣は気の毒なほど痛々しい。光君も洟をかみながら言う。

「死に後れたり先立ったりする命の定めなさは、この世の常と承知しているものの、いざ自分の身に降りかかってきますと、悲しみの深さは何ものにも比べられないものですね。院にも、この様子を奏上いたしましたら、おわかりになってくださいますよ」

「では、時雨もやみそうにありませんから、暮れないうちにお出かけなさいませ」と左大臣は光君を急かす。

あたりを見まわすと、几帳の陰や襖の向こう、開け放たれたところには、三十人ほどの女房たちが、濃い鈍色や薄い鈍色の喪服をそれぞれに着て、だれも彼も心細そうに泣きながら集まっている。なんと悲しい景色だろうと光君は思う。

「あなたがお見捨てにはなるはずのない若君もお残りなのですから、何かのついでにお立ち寄りくださるだろうと自分をなぐさめてはいるのですが、考えの足りない女房たちは、今日を限りにあなたがお捨てになる故郷だと思いこんで、亡き人との永遠の別れより、親しくお仕えしてきた年月がすっかりおしまいになるのではないかと嘆くのも無理からぬこと。ゆっくりと我が家にいてくださることはありませんでしたが、それでもいつかは、とみな虚しくも期待していたのですから……。なんと心細い夕べでしょうか」と左大臣は言う。

「そんなふうに嘆くのは本当に考えが足りませんよ。おっしゃる通り、何があろうと私を信じてくれるだろうとのんびりかまえて、無沙汰をしてしまうこともありました。けれどあの人がもういない今、どうしてそんなにのんきなことができましょう。私が見捨てるはずもないことは今にわかるはずです」

と言い、光君は邸を後にする。それを見送ってから、左大臣は光君と葵の上の部屋に入った。部屋の飾りつけをはじめ、何ひとつかつてと変わらないのに、蟬(せみ)の抜け殻のように虚しく見えた。

御帳の前に、硯(すずり)などが散らばっている。光君の捨てた手習いの反故(ほご)を拾い上げ、涙を絞り出すようにして眺めている左大臣を見て、若い女房たちは悲しみながらも、ついほほえんでしまう。心打たれるような古人の詩歌が書かれているかと思えば、漢詩(からうた)も和歌もあり、草仮名や楷書や、さらにさまざまな目新しい書体で書かれている。

「なんてみごとな字だろう」と左大臣は空を仰いでため息をつく。これからは光君を他家の人としてつきあわねばならないのが残念なのでしょう。「旧(ふる)き枕故(ふる)き衾(ふすま)、誰とともにか」と長恨歌(ちょうごんか)の一句が書いてあるそばに、

なき魂(たま)ぞいとど悲しき寝し床(とこ)のあくがれがたき心ならひに

（亡き人とともに寝たこの床を、いつも離れがたく思っていた。この床を離れていったその人のたましいはどんなにつらいことだろうかと思うと、悲しくてならない）

とある。また、「霜華(しものはな)白し」とこれも長恨歌の引用の近くに、

君なくて塵(ちり)つもりぬるとこなつの露うち払ひいく夜寝(よね)ぬらむ

（あなたがいなくなって、塵も積もった床に、常夏(とこなつ)の露——涙を払いながら、幾夜ひとりで眠っただろう）

と書いてある。先日、文とともに母宮に送った時に手折(たお)った花なのだろう、常夏（撫子(なでしこ)）が枯れて、反故の中に落ちている。左大臣はそれを母宮に見せて、泣いた。

「いくら嘆いても詮無いことで、こんな悲しい逆縁も世間にないわけではないと自分に言い聞かせて、あきらめようとしてきた。けれどこの世での縁が短すぎた。親を悲しませようと思って生まれてきたのかと、この世で親子の縁を結ぶことになった前世の因縁を恨んでは、悲しみを紛らわせているけれど、日が過ぎれば過ぎるほど娘が恋しくて恋しくてたまらないのだ。その上、光君がこれきりこの家の人間ではなくなると思うと、胸が張り裂けそうだ。今日はお見えにならない、今日もまたお見えにならら

ないと、足が遠のいていらっしゃった時も、胸を痛めていたが、朝夕に射しこむ光のようだった人がいなくなってしまったら、どうやって生きていかれようか」

こらえきれずに声を上げて泣き出すと、母宮の前に控えていた年配の女房たちも悲しみに沈み、いっせいに泣き出してしまう。じつに寒々とした夕べの光景である。

若い女房たちはところどころに集まって、それぞれしんみりと話し合っている。

「殿さまのおっしゃっていたように、若君にお仕えしていれば気も晴れるでしょうけれど、まだずいぶんおちいさなお形見で、張り合いもないわ」と言い合う。

「しばらく実家に下がって、また参上しようかしら」と言う者もいて、彼女たち自身の別れもまた名残惜しく、それぞれ思い出に浸るのだった。

参上した光君を見て、

「まったくひどいやつれようではないか。精進に日を重ねたせいか」と桐壺院はいたわしそうに言い、食事を用意させて勧める。あれこれと心を砕いてくれる桐壺院を、光君は身に染みてありがたく、また畏れ多く思う。藤壺の部屋に行くと、女房たちは珍しいお客さまだと歓迎した。藤壺は、命婦の君を通じて、

「何かと悲しみの尽きぬことでしょう。時がたちましても悲しみはなかなか癒えない

ことと思います」とお悔やみを伝えた。

「この世の無常はたいがいひと通り心得ていたつもりですが、いざ自分の身に起きると、本当にこの世で生きているのもつらくなりました。それでもたびたびかけていただいたお言葉になぐさめられて、なんとか今日まで生きて参りました」

いつも藤壺の前では悲しげな光君だが、今日はそれにもまして痛々しく見える。無紋の袍に鈍色の下襲、冠の纓を巻き上げた喪服姿は、はなやかな衣裳より、ずっと気品ある優美さを光君に与えている。東宮にも長いこと会っておらず、気掛かりでいることを伝えて、夜更け、光君は院の御所を退出する。

二条院では、部屋という部屋を掃き清めて、男も女もみな光君を心待ちにしている。身分の高い女房たちも今日はみな顔を揃えていた。見劣りしないようそれぞれはなやかな衣裳を身につけ化粧をしている女たちを見ると、左大臣家でずらりと並んで、悲しみに沈んでいた女房たちが痛ましく思い出される。装束を着替え、光君は西の対に向かった。冬に向けて整えられた部屋は、明るくすっきりとしていて、うつくしい若女房や女童たちもみなきちんとした身なりをしていて、少納言のはからいに光君は感心する。

紫の姫君も可憐に着飾っている。

「長いことお目に掛からないうちに、びっくりするほど大人っぽくなりましたね」と、ちいさな几帳の帷子を引き上げて顔を見ると、恥ずかしそうに横を向くその姿は、非の打ちどころがない。灯火に照らされた横顔、髪のかたちも、心のすべてで慕っているあの方とまったくそっくりではないかと、光君はうれしくなる。紫の姫君に近づき、会えずにいて気掛かりだったあいだのことをあれこれ話した後に、

「これまでにあったことをゆっくり話してあげたいけれど、縁起が悪いようにも思うから、少しあちらで休んでからくるよ。これからはずっとそばにいるから、私のことが嫌になるかもしれないね」と、こまやかに話して聞かせる。それを聞いて少納言はありがたく思いながらも、やはり不安を感じずにはいられない。お忍びでお通いになる尊い身分の女性たちがたくさんいらっしゃるのだから、いつ紫の姫君のかわりとなる厄介な姫君があらわれるかと心配でならないのだが、……それもずいぶん憎たらしい気のまわしようだこと。

光君は自分の部屋に入り、中将の君という女房に足を揉んでもらっているうちに眠りに落ちた。翌朝には左大臣家にいる若君に手紙を送った。受け取った左大臣家からは悲哀のにじむ返事が来て、光君は悲しみの深さを思い知らされる。

光君は、もの思いにふけることが多くなり、忍び歩きもだんだん億劫になって、出

かけようともしない。紫の姫君は何もかも理想的に育ち、女性としてもみごとに一人前に思えるので、そろそろ男女の契りを結んでも問題はないのではないかと思った光君は、結婚を匂わすようなことをあれこれと話してみるが、紫の姫君はさっぱりわからない様子である。

することもなく、光君は西の対で碁を打ったり、文字遊びをしたりして日を過ごしている。利発で愛嬌（あいきょう）のある紫の姫君は、なんでもない遊びをしていても筋がよく、かわいらしいことをしてみせる。まだ子どもだと思っていたこれまでの日々は、ただあどけないかわいさだけを感じていたが、今はもうこらえることができなくなった光君は、心苦しく思いながらも……。

いったい何があったのか、いつもいっしょにいる二人なので、はた目にはいつから夫婦という関係になったのかわからないのではあるが、男君が先に起きたのに、女君がいっこうに起きてこない朝がある。

「どうなさったのかしら。ご気分がよろしくないのかしら」と女房たちが心配して言い合っていると、光君は東の対に戻ろうとして、硯箱を几帳の中に差し入れていった。近くに女房がいない時に、女君がようやく頭を上げると、枕元に引き結んだ手紙があ

る。何気なく開いてみると、

あやなくも隔てけるかな夜をかさねさすがに馴れし夜の衣を

（どうして今まで夜をともにしなかったのかわからない。幾夜も幾夜も夜の衣をともにしてきた私たちなのに）

とさらりと書いてある。光君が、あんなことをするような心を持っていると紫の女君は今まで思いもしなかった。あんないやらしい人をどうして疑うことなく信じ切ってきたのかと、情けない気持ちでいっぱいになる。

昼近くなって光君は西の対にやってきた。

「気分が悪いそうだけれど、どんな具合ですか。今日は碁も打たないで、退屈だなあ」と言って几帳をのぞくと、女君は着物を引きかぶって寝たままだ。女房たちがみな離れて控えているので、女君に近づいて、光君は言う。「どうしてそんなに私を嫌がるの。思いの外、冷たい方だったのですね。女房たちも何かおかしいと思いますよ」と、引きかぶった着物をはがすと、女君はひどく汗をかいていて、額の髪も濡れている。「おやおや、これはよくない。たいへんなことだ」などと、何かと機嫌をとってみるが、心から傷ついている女君は一言も言わず黙りこんでいる。「わかったよ。もう二度とお目には掛かりません。恥ずかしい思いをするだけだから」

光君は恨み言を言って硯箱を開けるが、返歌はない。まるっきり子どもではないかといとしく思え、一日じゅう御帳台(みちょうだい)の中にこもってなぐさめるけれど、女君の機嫌はいっこうになおらない。そんなことも光君にはかわいらしく思える。

その夜は無病息災、子孫繁栄を願って亥(い)の子餅(こもち)を食べる日だった。光君が喪に服しているので、大仰にはせずに、女君のところにだけ、洒落た折り箱に色とりどりの餅を入れたものが用意された。それを見た光君は西の対の南面に惟光(これみつ)を呼んだ。

「この餅だけど、こんなにたくさん仰々しくしないで、明日の夕方に持ってきてほしい。今日は日柄もよくないことだし」

と言われた惟光は、照れたように笑う光君の顔つきから、何があったのかを悟った。根掘り葉掘り訊(き)くことなく、

「ええ、ええ、おめでたのはじめは、吉日を選んで召し上がるべきですね。亥の子ではなく子(ね)の子になりますと、いくつ用意いたしたらよろしいですかな」と真面目くさって訊く。

「三分の一くらいでいいだろう」

すっかり合点して惟光は下がった。ものごとに慣れた男だと光君は感心する。惟光は他人には何も言わず、自分で手を下すばかりにして、新婚三日目を祝う餅を自分の

家で作っていた。

光君は女君の機嫌をとることに苦労して、なんだかこの人を今どこからか盗んできたみたいだと思い、なんとなくおもしろくなってくる。この何年か、この人のことをずっと心からいとしく思っていたけれど、今の気持ちに比べれば、そんなものはなんでもないようなものだった、と思う。人の心はなんと不思議なものだろう。今はもう、一夜も逢わずにいるのはつらくて無理だ。

惟光は命じられた餅を、たいそう夜も更けてからこっそりと持参した。年長の少納言なら察してしまい、女君が恥ずかしい思いをするだろうと惟光は気遣って、少納言の娘である弁を呼び、

「そっと差し上げてください」と、餅を入れた香壺の箱を渡した。

「これは間違いなく御枕元にお届けしなくてはならない、お祝いの品なのです。ゆめゆめいい加減に扱ってくださるな」と惟光に言われて、妙なことを言うと思った弁は、

「いい加減で不誠実なことなど、私はまだしたことがございません」と返す。

「真面目な話、不誠実などという言葉は避けてくださいね。まさか使うことはないでしょうがね」と惟光は念を押す。

まだ若い弁は、事情もよくわからないまま言われた通り枕元の御几帳のあいだから

香壺を差し入れた。光君がいつものように三日目の祝いの餅について、女君に教えてあげていることでしょう。

女房たちは事情を知らなかったが、翌朝、光君がこの箱を下げさせたので、そばに仕える者だけは思い当たることがあった。いつのまに調達したのか、餅を盛る皿もほかの道具類もうつくしい華足(けそく)の小机に載せられ、餅もみごとに作ってあった。少納言は、姫君がこんなふうに正式に扱ってもらえると思っていなかったので、身に染みてありがたく、光君のこまやかな心配りに、まず泣かずにはいられなかった。

「それにしても内々で私たちにお命じくだされぱいいものを。用意したあの人もどう思ったことかしら」と女房たちもささやき合っている。

それから後は、宮中や桐壺院の御所にほんのしばらく参上しているあいだでも、そわそわと落ち着かず、女君の面影が目の前にちらついて恋しく思う。そんな心を我ながら君は不思議に思う。それまで通っていた女君たちからは恨みがましい手紙が届くので申し訳ないとは思うものの、新婚の女君を一夜たりとも置き去りにするのは心苦しくてならない。出かけるのも億劫になって、気分がすぐれないということにして、「妻を亡くしたばかりでこの世がひどく厭わしく思えるのです。この時期が過ぎましたらお目にかかりましょう」と返事を書いて、日を過ごす。

弘徽殿大后は、今は御匣殿の別当となっている、妹の六の君（朧月夜）が光君にまだ思いを寄せていて、それを知る父の右大臣が「なるほど、あんなにたいせつになさっていた奥さまも亡くなられたのだから、六の君が正式に妻として迎えられれば不足ないではないか」と言うのを、じつに腹立たしく思っていた。

「女御ではない、女官としての宮仕えでも、地位が上がっていけば、不足ないどころか立派なものですよ」と、妹を入内させようと躍起になっている。

そんな噂を聞いた光君も、六の君には並々ならぬ愛情を抱いていたので残念に思うけれど、今は不思議なくらいほかの女君に興味が持てないのである。まあ、これでいいじゃないか、短い人生なのだから、この紫の女君を妻と決めて腰を据えよう、人の恨みを受けるのもまっぴらだ、と懲り懲りしてもいるのだった。

六条御息所には気の毒ではあるが、彼女を正式に妻として頼りにするとなれば、かならずしっくりいかなくなるだろう、これまでのような関係でも大目に見てくれるのならば、しかるべき時に文を交わす相手としてはふさわしい人には違いない……と光君は思う。まるきり見捨ててしまう気持ちはないのである。

この二条院の女君を、今まで世間の人がどこのだれとも知らずにいるのも軽々しい扱いであるから、この際父宮である兵部卿宮にも知らせようと光君は決め、紫の女君のために成女式として御裳着の用意を、あまり表沙汰にはしないけれども格別豪華にするよう下の者に命じている。この手厚い気遣いも女君にはまったくうれしくない。今までずっと光君を疑いなく信じて、ずっとそばにいた自分にあきれ果て、後悔しているのである。まともに目を合わせることもなく、光君が冗談を言っても、ただ苦しくつらいばかりでふさぎこんでしまい、今までとはすっかり変わってしまった。そんな女君の様子を、光君はいじらしくもいとおしくも思うのだった。

「今までずっとたいせつに思ってきたのに、あなたはもう私のことを思ってはくれないなんて、悲しいな」などと恨み言を言ってみたりする。

そうしているうち年が明けた。元旦は、いつも通りまず院に参上し、それから帝、東宮にも参上する。退出すると、光君は左大臣家に向かう。左大臣は、新年などどうでもいいように亡き娘の思い出を語っては、喪失感でいっぱいになっていたところに、光君があらわれたものだから、いよいよ悲しみをこらえることが難しくなる。左大臣家の人々の目には、新年を迎えひとつ年を重ねたせいか、光君は堂々たる風格も備わり、今までよりもさらにまばゆく見える。光君は挨拶がすむと夫婦の寝室だった部屋に入った。久しぶりの光君の姿に、女房たちも涙をこらえることができない。

若君を見ると、すっかり大きくなって、にこにこと笑っているのが不憫である。目元、口元が、東宮にそっくりで、人が見て不審に思わないかと光君は不安になる。部屋の中は以前と変わらず、衣桁に掛けられた光君の装束も、以前と同じく新調してあるのに、その隣に女君の装束がないのが、いかにもさみしい光景である。

女房が母宮の挨拶を伝えにくる。

「今日は元日ですので、泣かないようにずいぶん我慢しているのですが、こんなふうにお訪ねくださいまして、かえって涙があふれてしまいます」とあり、「以前と同じように調えましたお召し物も、涙で目もよく見えず、色の見立ても不出来だと思いますけれど、せめて今日だけはどうかお召しくださいませ」と、たいそう入念に仕立て上げられた装束を、もう一揃い贈った。かならず今日着てもらおうと思っていたらしい下襲は、色合いも織り具合も見たことがないほどすばらしい。せっかくの気持ちをどうして無視できようかと、光君はそれらに着替える。もし今日ここに来なかったら、母宮はどれほど気落ちしただろうと思うと胸が痛んだ。

「あまた年今日あらためし色ごろもきては涙ぞふるここちする
（今まで何年も元日に、こちらで着替えていたうつくしい色の晴れ着を、今年もここにやってきて着てみますと、昔が思い出されて涙がとまりません）

とても気持ちを静めることができません」

と返事をした。それにたいし、

新しき年ともいはずふるものはふりぬる人の涙なりけり

（あたらしい年だというのに降りそそぐものは、年老いた親の涙でございます）

と返歌があった。

みな、並大抵の悲しみではなかったのです。

賢木（さかき）

院死去、藤壺出家

御代がかわり、弘徽殿女御の皇子が帝となり、さらに、
どこまでも恋しい人は出家を決意……、世は常なきもの……。

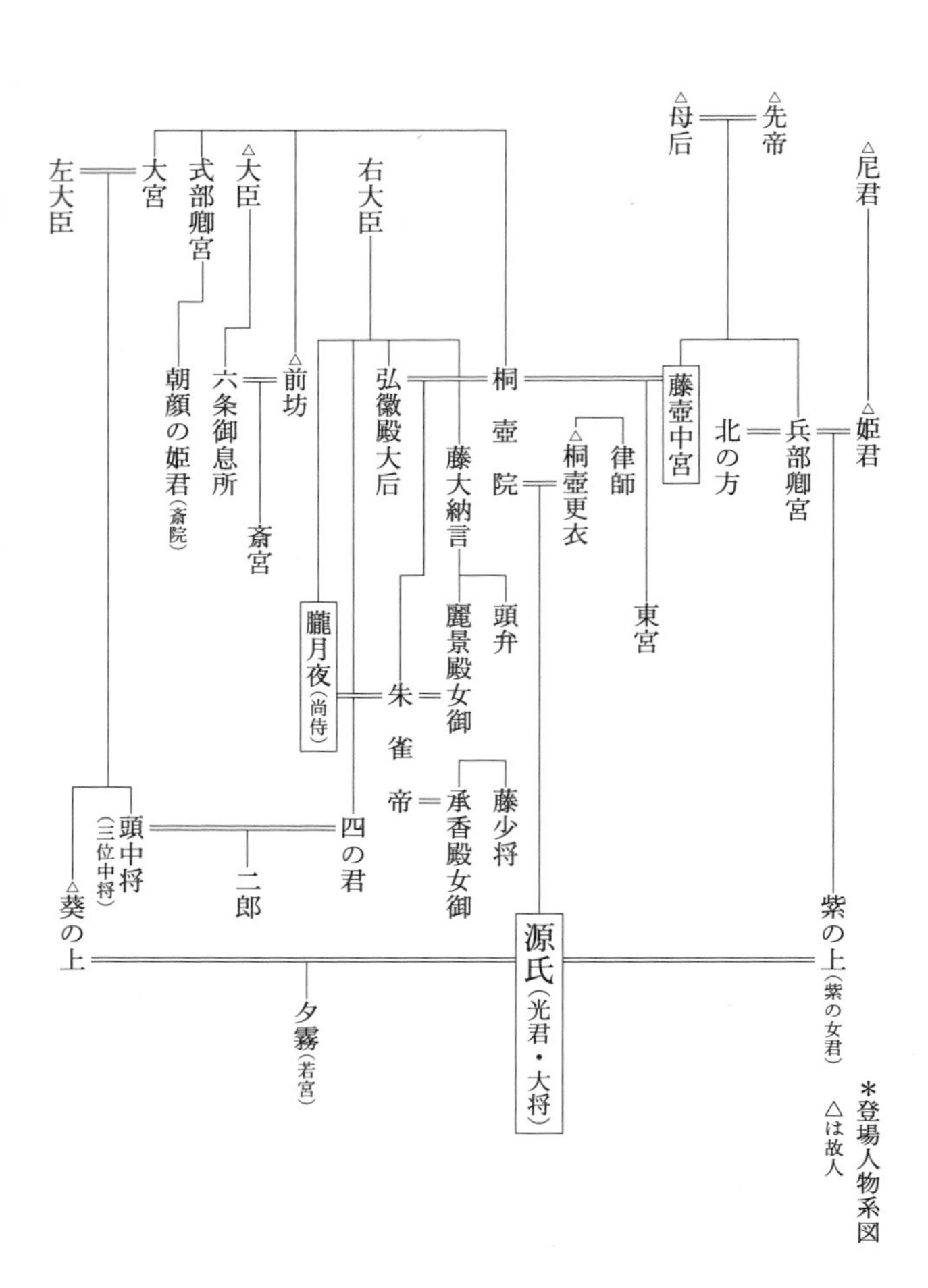

*登場人物系図
△は故人
△尼君
△姫君
紫の上（紫の女君）
△先帝
△母后
兵部卿宮
北の方
藤壺中宮
律師
△桐壺更衣
東宮
桐壺院
源氏（光君・大将）
右大臣
弘徽殿大后
藤大納言
頭弁
麗景殿女御
朱雀帝
藤少将
承香殿女御
朧月夜（尚侍）
四の君
二郎
△前坊
六条御息所
斎宮
△大臣
朝顔の姫君（斎院）
式部卿宮
大宮
左大臣
頭中将（三位中将）
△葵の上
夕霧（若宮）

斎宮(さいぐう)の伊勢に下る日が近づくにつれ、母の六条御息所(ろくじょうのみやすどころ)は心細くなった。あの身分の高い、煙たい存在だった葵(あおい)の上(うえ)が亡くなってから、今度こそは御息所が正妻におさまるのではないかと世間では噂(うわさ)されており、御息所に仕える人々もそのような期待に胸ときめかせていた。けれども実際は、その後かえって光君(ひかるきみ)の足は遠のき、まったくつれない態度である。そうならざるを得ないほどの、私を心底嫌うようなことがあったに違いないと御息所にはわかるので、いっさいの未練を断ち切って、ただひたすら伊勢行きを決意していた。親が付き添って下るなどは先例がないが、まだ幼い斎宮がとても頼りない様子であるのを口実に、この苦しい境遇から遠く逃れようと御息所は思っていたのである。

御息所がこれきり遠くへ行ってしまうと思うとさすがに名残(なごり)惜しくなり、光君は心をこめた手紙を幾たびか送った。けれど直接対面することは、今さらとてもできないと御息所は思っている。光君にはこちらをお嫌いになる理由もおありだろうけれど、まだ思いの断ち切れない私はお目にかかれば今よりいっそう苦しむことになるだろう……と、逢わずにいることを強く心に決めているのである。

斎宮とともに野宮で暮らす御息所は、ときおり六条の邸に帰ることもあった。けれどごく内密に出入りしているので光君は知らないでいる。神仏に仕えるため潔斎を行っている野宮には、光君は通うこともできないので、気にはなりながらも逢えないまま日は過ぎていく。

そうしているうち桐壺院が体調を崩し、とくべつ重い病というわけではないけれど、気分のすぐれない日が続くようになった。光君はますます心の余裕もなくなったが、御息所が自分を薄情者と思ったままでは気の毒であるし、他人が聞いても薄情と言われるだろうと思い、野宮まで訪ねていくことにした。

九月七日頃のことである。伊勢に下る日は今日明日に迫っていると思い、御息所も何かとせわしない心持ちだった。けれども光君からたびたび手紙をもらっていたので、どうしたものかと迷いながらも、せっかくの来訪を無下にするのも無粋であるし、ほんの少しだけ、物越しの対面ならいいだろうと内心では心待ちにしていた。

はるばると広い野を分け入っていくと、しみじみとした風情が漂っている。秋の花はみなしおれ、浅茅(あさじ)が原(はら)も枯れ、嗄(か)れた虫の音の響く中、松風が吹きつける。そこへ、なんの曲かもわからないくらいかすかに楽の音がきれぎれに聞こえてきて、なんとも優艶である。先払いにはごく親しい者を十人ほど、お供の随身(ずいじん)もものものしい衣裳(いしょう)ではなく、慎重なお忍びである。とくに気を遣って装った光君だが、その姿もまた立派なものなので、お供の洒落者(しゃれもの)たちは嵯峨野(さがの)という場所も場所だけに、深く感じ入っている。光君も、なぜ今までたびたび訪ねてこなかったのかと、虚(むな)しく過ぎていった日々をひどく残念に思う。

かんたんな小柴垣(こしばがき)を外囲いにし、まさに仮普請らしい板葺(いたぶ)きの家があちこちに建ち並んでいる。黒木の鳥居は神々しく見え、忍び歩きの身はさすがにためらいを覚える。神官たちがあちこちで咳払(せきばら)いをして、何か言葉を交わしているのも見慣れない光景である。火焼屋(ひたきや)からかすかに光が漏れていて、ひとけはなく、しめやかな空気が漂っている。ここで、もの思いに沈むあの方が長い月日を過ごしてきたのかと思うと、光君はたまらないほどいたたましい気持ちになる。

寝殿の北にある建物の、ちょうどよい場所を見つけて光君は立ち隠れ、来訪の旨を伝えると、楽の演奏はぴたりとやみ、女たちが奥ゆかしく立ち居する衣擦(きぬず)れの音が聞こえてくる。何やかや、取り次ぎの女房を通じての挨拶ばかりで、御息所は対面する

気はないようである。それはあんまりだと思った光君は、

「今では恋しい方を訪ねてくることも難しくなりました。それをわかってくださるなら、どうぞこのように注連（しめ）の外に追いやらないでくださいませんか。心置きなくお話をして、気持ちを晴らしたいのです」と、心をこめて語りかける。

「まったくでございます。そんなところにいつまでもお立たせしておくわけにはまいりません。お気の毒です」

　女房たちもそう取りなすので、さてどうしたものかと御息所は悩む。女房たちの手前、こんなふうにしているのも見苦しいだろうし、年甲斐（としがい）もない振る舞いだと光君にも思われてしまうだろう。逢うことは慎んだほうがいいと思っていた御息所は、あまり気が進まないけれども、さりとて冷たい態度をとり続けるほど心は強くないのだった。ため息をつき、ためらいながらいざり出てくる御息所の気配には、じつに奥ゆかしい品がある。

「こちらでは、簀子（すのこ）に上がるくらいのお許しはありますか」と光君は縁側に上がってしまう。はなやかに射（さ）しこむ夕月の光が光君の立ち居振る舞いを照らし出す。圧倒されるようなうつくしさである。幾月も訪ねてこなかった言い訳を今さらするのも決まりが悪く、光君は、少しばかり折って持参していた榊（さかき）を御簾（みす）の中に差し入れた。

「この榊の葉のように、変わらない私の心を道標にして、禁制の神垣をも越えて参ったのです。それなのに冷たくなさるのですね」

そう言う光君に御息所は応える。

神垣はしるしの杉もなきものをいかにまがへて折れる榊ぞ

(ここ野宮には道標となるような杉もありませんのに、どう間違えてお折りになった榊なのでしょう)

少女子があたりと思へば榊葉の香をなつかしみとめてこそ折れ

(神に仕える少女がいるあたりだと思い、榊の葉の香りもなつかしいので、さがし求めて折ったのです)

あたりの神聖な様子に憚られはするものの、光君は御簾をひき被るようにして上半身だけ中に入り、下長押に寄りかかる。

逢いたいと思う時に逢いにいくことができ、また、女君のほうでも光君を一途に思っていた今までの月日、ゆったりかまえて慢心していて、光君はさほどだいじに思っていなかった。そして心の中で、なんということだ、この人にも欠点がある、と思うようになってからは恋しい気持ちも冷めていき、こんなにも疎遠な仲になってしまった。けれども久しぶりに顔を合わせてみると、昔のことがあれこれと思い出されて胸がいっぱいになる。今までのこと、これからのことを思わずにはいられず、光君は心弱くも泣き出してしまう。女君もまた苦しみ悩んでいることを見抜かれまいとしているけれど、こらえきれない様子なのを見てとって、光君はますますいたたまれなくなり、伊勢下向はやはり思い留まるようにと伝えようとする。月も山の端に入ってしまったのか、ものさみしい空を眺めて思いの丈を話す光君に、女君の内に積もり積もった恨みも消えていくようだ。ようやく今度こそはと未練を断ち切ったのに、やはり思っていた通り逢ってしまえば決心が鈍り、心に迷いが生じるのであった。殿上人の年若い君達が連れだってやってきて、野宮の風情を愛でるふりをして佇み、そのまま立ち去りかねていたという庭は、ほかのどんな場所にも負けないほど、じつに優雅ではなやかである。恋愛の、ありとあらゆるもの思いをし尽くした二人のあいだで交わされたやりとりは、そのまま語り伝えることはできそうもなく……。

ゆっくりと明けていく空は、このときのために創り出したかのようにもの悲しい。

暁の別れはいつも露けきをこは世に知らぬ秋の空かな

（あなたと明け方に別れる時はいつも涙に濡れていました。今朝の別れは今まで味わったこともないほど悲しい秋の空です）

光君は後ろ髪を引かれるように御息所の手を握り、去るのをためらっている。その姿はなんとも魅力的である。ひどく冷たい風が吹き、鈴虫の鳴き嗄らした声音も、まるで暁の別れの悲しさを知っているかのようである。恋を知らない人でも心に染みるだろうに、ましてどうしようもなく思い乱れている二人は、うまい歌も思いつかないのでしょう。

おほかたの秋の別れもかなしきに鳴く音な添へそ野辺の松虫

（ただ秋が過ぎるというだけで人はもの悲しくなるのに、野辺の鈴虫よ、そんなふうに鳴かないでおくれ）

心残りが多いけれど、今さらどうすることもできず、あたりもどんどん明るくなってきて、決まり悪くなって光君は立ち去った。帰り道、光君は涙で袖を濡らし続けた。御息所も心を強く持つことはできず、深くもの思いに沈み、虚けた面持ちでいる。月の光にほのかに見えた光君の姿や、未だに漂う着物の残り香など、女房たちはたしなみも忘れて褒めそやすのだった。

「伊勢行きが致し方ない旅路だとはいっても、あんなすばらしいお方を見捨てて、どうしてお別れ申せましょう」などと言い合っては涙ぐんでいる。

それからすぐに光君から届いた手紙はいつになく深い愛情がこもっていて、女君の気持ちもくじけそうになる。けれども伊勢下向をふたたび思い悩むわけにはいかず、もはやどうすることもできない。光君は、それほど深く思っていない時でも、恋のためにはいくらでも言葉巧みに書き綴ることのできる男である。まして、ごくふつうの恋人とは思えない間柄の女君が去っていこうとしているのだから、残念だとも思い、気の毒なことをしたとも思い、悩んでいることでしょう。女君の旅の装束をはじめとして女房たちの衣裳、旅路に必要な何やかやの調度品も、贅を尽くしみごとにうつくしく仕立て、餞別として送ったが、女君はうれしく思うこともない。軽はずみでみっともない浮き名ばかりを世間に広め、まったく情けない身の上だと、今さらのように、出立の日が近づくにつれて寝ても覚めても嘆き続けるばかりである。年若い娘の斎宮は、はっきりしなかった出立の日が決まっていくのを無邪気によろこんでいる。世間の人々は、斎宮に親が付き添って下向するなんて聞いたことがないと、非難してみたり、同情してみたり、いろいろと噂しているようです。何ごとにおいても、世間の人からとやかく批判されることのない身分の者は気楽でしょうね。世に抜きん出た高貴な人々というものは窮屈なことが多いのです。

九月十六日、桂川で斎宮の御祓が行われた。通常の儀式より立派で、伊勢まで一行を送る長奉送使、そのほかの上達部も、家柄がよく名望のある人たちが帝から選ばれていた。桐壺院の心遣いもあったからだろう。

野宮を斎宮が出立する日、光君から例の如く思いの丈を書き綴った手紙が届いた。
「申すも畏れ多い斎宮の御前に」と、木綿に結びつけて、
「雷神でさえ、思う仲を割きはしませんのに、
八洲もる国つ御神も心あらば飽かぬわかれの仲をことわれ
（この国をお守りくださる国つ神も情けがおありでしたら、尽きぬ思いで別れるこの二人の仲を、お考えください）
どう考えても、納得できません」とある。
斎宮方は本当にあわただしくしていたが、返事があった。斎宮の歌は、女官に書かせてある。
国つ神そらにことわる仲ならばなほざりごとをまづやただささむ
（国つ神が空からお二人の仲をお考えになるとしましたら、あなたの実のないお言葉をまずただされるでしょう）
光君は、斎宮母子の出立の儀が見たくて、宮中に参上したいと思うけれど、御息所から見捨てられたようなかたちで見送るのも体裁が悪いだろうと思い返し、所在なくもの思いに浸っている。斎宮の返歌が大人びているのを、笑みを浮かべて眺めている。お年のわりには大人びてうつくしく成長されたのだろうと思うと、心が動く。このよ

うな、ふつうとは言いがたい面倒な人にばかり惹かれるのが光君の心癖なので……。見ようと思えばいくらでもそうできたはずの幼い頃の斎宮のお姿を、そうせずにいたことが悔やまれる。けれどさだめのない世の中なのだから、帝が替わって斎宮も退下すれば、逢う機会もあるかもしれない、などとも思う。

斎宮は、奥ゆかしくみやびやかな人だと評判だったので、その下向とあって物見車も多く出ている。申の時刻（午後四時頃）に宮中に向かう。斎宮とともに御輿に乗っていた御息所は、大臣だった今は亡き父が、未来の后にと望み、それはたいせつに育ててくれ、東宮の妻としてかしずかれていた日々を思う。月日を重ねて今、その時と打って変わった身の上で宮中を見ていると思うと、何もかも無性に悲しく思えた。十六歳で故東宮に入内して、二十歳で死別した。三十歳になって今また宮中を見ることとなった。

そのかみを今日はかけじと忍ぶれど心のうちにものぞ悲しき

（その昔のことを今日は口に出すまいとこらえているけれど、心の中は悲しくてたまらない）

斎宮は十四歳になる。じつに可憐でうつくしい上、立派な装いをした斎宮の姿は、不吉に思えるほどである。帝はそのうつくしさに胸打たれ、別れの櫛を挿す時には感極まって落涙した。

斎宮が出てくるのを待って、八省院のあたりに供奉する女房たちの車がずらりと並んでいる。車の簾のわきからのぞく袖口や衣裳の色合いも個性的で、それぞれ品がある。殿上人たちもそれぞれ親交のあった女房と別れを惜しむ者が多かった。暗くなってから一行は出立し、二条通りから洞院の大路へ曲がる時、ちょうど光君の邸である二条院の前を通る。光君は矢も盾もたまらず、榊に手紙を結んで送った。

ふりすてて今日は行くとも鈴鹿川八十瀬の波に袖はぬれじや

（今日は私を振り捨ててお発ちになったとしても、鈴鹿川を渡る頃、八十瀬の川波に袖が濡れませんか——後悔に涙を流しませんか）

暗く、あわただしい折だったので、翌十七日、逢坂の関の向こうから返事があった。

鈴鹿川八十瀬の波にぬれぬれず伊勢まで誰か思ひおこせむ

（鈴鹿川の八十瀬の波で袖が濡れるかどうか、私が涙を流しているかどうか、伊勢までだれが思いやってくれるでしょう）

言葉少なに書きつけてある。筆跡は味わいがあって優雅であるのに、歌にもう少しやわらかいやさしさがあればいいのに、と光君は思う。霧が立ちこめ、いつもより身に染みる朝の景色を眺めて独り言をつぶやいた。

行くかたをながめもやらむこの秋は逢坂山を霧な隔てそ

（あの方の行く先を眺めていよう、だから秋の霧よ、逢坂山を隔てないでおくれ）

光君は西の対に行くこともせず、だれのせいでもないけれど、ものさみしそうにぼんやりして日を過ごす。まして旅路の女君は、どんなにか心の乱れることが多かったであろう。

十月になると、桐壺院の病気は深刻なものとなった。世の中にこのことを案じない者はいない。朱雀帝も心配して院の御所に行幸した。院は衰弱していながらも、藤壺の産んだ東宮のことを何度もくり返し頼み、次には光君のことを口にする。

「私の在世の時と変わらず、大小のことにかかわらず隠し立てせずに、後見人と思って何ごとも彼を頼りなさい。年は若くとも、なんの心配もなく世の政をまかせられると私は思っている。かならず世の中をおさめていける相を持つ人だ。そういうわけだから、差し障りが多くて、皇子にもせずに臣下として朝廷の後見役をさせようと考えたのだ。その私の気持ちを、どうか無にしてくれるな……」

と、胸に染みるような遺言が多々あるけれど、女が政治のことに口を出すべきではないでしょう。こうしてほんの少し伝えるのもたいへん気が引けるのです。

帝も心底悲しくなって、けっして遺言に背かないことを幾度もくり返して誓う。容姿も気品にあふれて端麗で、年ごとにますます立派になっていく帝を見て、院はうれしくも頼もしくも思う。行幸の決まりに則(のっと)って急いで帰っていく帝を見送り、いっそう院は悲しみに沈むのだった。

東宮も帝といっしょにと思ったのだが、たいへんな騒ぎになるだろうから、別の日に院を訪ねた。実際の年齢よりは大人びて、かわいらしい様子である。父である院をずっと恋しく思っていたらしく、ただもう会えたことを一心によろこんで、いじらしいほどである。その隣で藤壺が泣いているのを見て、院の心は千々に乱れる。院は東宮にあれこれと先々のことを教えてみるが、あまりにもまだ幼い様子なので、これからのことが気に掛かり、いっそう悲しくなる。光君にも、朝廷に仕える時の心構え、東宮の後見役となるべきを、くり返し言い含めた。

夜になって東宮は帰っていく。殿上人(てんじょうびと)たちが残る者なくお供し、そのにぎやかな様子は、先だっての帝の行幸と遜色ない。ほんの短い会見で東宮が帰ってしまうことを、院はたまらなくつらく思っていた。

弘徽殿大后(こきでんのおおきさき)もお見舞いに行きたいと思っていたが、藤壺がいつも院のそばにいることを気にして、ためらっているうちに、ひどく苦しむこともなく院は崩御した。

地に足も着かないほど嘆き悲しむ人が大勢いた。桐壺院は、皇位を譲位したというだけで、実際は在位の時と同じように世の政を取り仕切っていたのである。今の帝はまだ若い上に、祖父である右大臣は気短で意地が悪いときている。その右大臣の思うままになってしまったら、世はこの先どうなってしまうのだろうと、上達部、殿上人たちはみな案じて嘆くのだった。

藤壺と光君は、だれよりも深く、何も考えることのできないほど悲しんでいる。その後の七日ごとの法事を勤める様子も、ほかの大勢の親王たちの中で、光君が際立って殊勝であるのを見、それは当然だろうけれどそれでもやっぱりいたわしいことだと世の人々は思う。藤色の喪服に身をやつしていても、光君は優雅で、かえって痛々しい。昨年は妻、今年は父と不幸が続き、世の中はなんと虚しくつまらないものだと思わずにはいられない。この機会にいっそ出家を……と真っ先に光君は考えるが、しかしそうはできない現世の絆が多くあることもわかっている。

四十九日の法事までは女御や御息所たちがみな院の御所に集まっていたが、その日が過ぎると散り散りに退出していった。十二月二十日のことで、年の暮れ近い、世の中がこれきり終わってしまうかのような空模様である。藤壺の心もまた、晴れることがまったくない。藤壺は大后（おおきさき）である弘徽殿大后の心をよく知っている。彼女が思うままに振る舞っていくであろう先の世が、自分にとってはたいへん居心地（いごこち）悪く住みにくいだろうと知っている。けれどそのことよりも、長年だれよりも近しく仕えていた帝を思うことのほうが悲しいのである。一瞬として思い出さない時はないのに、みなここにこのままで暮らしているわけにもいかず、女御たち御息所たちもそれぞれの里に帰っていくのが、また尽きない悲しみであった。

藤壺は三条宮（さんじょうのみや）に帰ることとなった。兄である兵部卿宮（ひょうぶきょうのみや）が迎えにやってきた。雪が降りしきり風は強く吹き荒れ、院の御所は次第に人影もまばらになってひっそりとしている。そこへ光君がやってきて、亡き院の思い出話をはじめる。庭の五葉の松が雪にしおれて、下葉が枯れているのを見、

蔭（かげ）ひろみ頼みし松や枯れにけむ下葉散りゆく年の暮かな

（木陰が大きいから、頼みにしていた松は枯れたのだろうか、下葉の散っていく年の暮れだ――院がお亡くなりになって、みな散り散りに去っていく年の暮れだ）

と兵部卿宮が詠む。そうすぐれた歌でもないのに、このような時だから、光君はこらえきれずに涙を落とす。池の面が隙間なく凍っている。光君も、

さえわたる池の鏡のさやけきに見なれしかげを見ぬぞかなしき
（氷の張った池は鏡のように澄んでいるのに、長年お見かけしたお方の影が映らないのが悲しくてなりません）

と詠んだ。思うままのことを並べただけのつたない詠みぶりですけれど……。

年暮れて岩井(いはゐ)の水もこほりとぢ見し人かげのあせもゆくかな
（年が暮れて岩井の水も凍りつき、今まで見なれた人影も消えていきますね）

と、王命婦(おうみようぶ)も詠む。

そのほかにも、いろいろな人が詠んだ歌がたくさんあるのだけれど、それをぜんぶ書き連ねるのもどうでしょう……。

藤壺が実家である三条宮に帰る儀式は今までと変わらず行われたが、気のせいかものさみしく感じられた。もともとの里がかえって旅先の住まいであるように思えるにつけても、いつも帝のそばに仕えて里下がりもなかなか許されなかった日々のことが思い出されることだろう。

年も改まったが、諒闇(りようあん)（帝が父母の喪に服す期間）のため、世の中ははなやかな行事もなくひっそりとしている。まして光君は気分がふさぎ、二条院に閉じこもっている。地方官を任命する除目(じもく)の儀式の頃は、院の在位中はもちろんのこと、退位後もまったく変わることなく、任官の口添えを依頼にくる人々の乗り物が門前に隙間なくひしめいていたが、今ではずいぶん少なくなって、宿直の夜着を入れる袋もめっきり減った。親しく仕えてきた何人かの家司ばかりが、とくに忙しい用事もなさそうにしているのを見て、これからはこんなふうになるのだなと思い、光君は虚しい気持ちになる。

右大臣家の六の君（朧月夜）は二月に尚侍となった。前任の尚侍が、亡き桐壺院を慕う気持ちからそのまま尼になったので、その後任であった。いかにも身分の高い姫君らしく振る舞い、人柄もすばらしいので、女御や更衣など多くの女たちが仕える中で、とくべつ帝の寵愛を受けている。弘徽殿大后は里邸にばかりいるようになって、宮中に参内する時の部屋は梅壺を用いた。空いた弘徽殿の部屋にはあらたな尚侍となった六の君が住むこととなる。今まで六の君が住んでいた登花殿は奥まっていて陰気であったのにたいし、弘徽殿は晴れ晴れと明るく、女房たちも大勢集まって、はなやかで垢抜けた雰囲気である。けれども六の君の胸の内は、四年前からはじまった、光君との思いがけないできごとの数々を忘れることができず、悶々と悩んでいる。ごく内密に手紙をやりとりしているのは以前と変わらない。世間の噂にでもなったらたいへんなことだと思いつつも、例によって困難な恋ほど夢中になる心癖の光君は、六の君が尚侍となって宮中に仕えてから、ますます思いを募らせているようで……。

桐壺院が存世の時こそ遠慮していたが、気性の激しい大后(おおきさき)は、今までずっと不愉快な思いをさせられてきた光君に、報いを受けさせたくてたまらない。何かあるといつも自分の意に添わない結果になり、こうなるのだろうと覚悟していた光君ではあるが、経験したこともない世のつらさを知らされるばかりで、人との交わりを避けるようになっている。

左大臣も、あまりおもしろい気分ではなく、宮中に参上することはめっきりなくなっている。そもそもかつての東宮（朱雀帝(すざくてい)）の妻にという話のあった葵の上(あおいのうえ)を光君に嫁がせたことを、大后は今も根に持って恨んでいる。大臣同士の関係も以前からよそよそしかった。桐壺院の世には左大臣の思いのままにできたのだが、時勢が変わり、右大臣がしたり顔でいるのを苦々しく思うのも当然なのである。

光君は以前と変わらず左大臣家に通い、前から仕えていた女房たちにもいっそうこまやかな心配りをしている。二歳になった若宮をこの上なくたいせつにかわいがってもいて、なんと奇特なお心の持ち主だろうとしみじみありがたく、左大臣がいっそう光君に尽くしているのも姫君存命の時と同じである。今まで、光君は桐壺院にこの上なく深く愛されていて、ひとときも落ち着くことのできないくらい忙しい様子だった。けれど今は、通っていたあちらこちらの女君とも疎遠になり、また、軽々しい忍び歩きも不釣り合いだと思うのか、出歩くこともなくなった。今はじつにのんびりとしていて、こんな時勢であるほうが理想的な日々を過ごしているようだ。

西の対（紫）の姫君の幸福を、世の人々もよろこび讃えている。少納言の乳母も、亡くなった尼君のお祈りの効験だと心の内では思っている。父である兵部卿宮も思いのままに文通をしている。兵部卿宮の本妻腹の娘の結婚は、どうも思わしくないので、本妻は紫の姫君を忌々しく思い、心中穏やかならぬようだ。まるで継子いじめの物語そのままのような有様ですけれどね。

桐壺院の女三の宮であった斎院は院の崩御により地位を退き、あたらしく式部卿宮の娘、朝顔の姫君が就任することとなった。賀茂の斎院には、帝の孫が就く例はあまりなかったのだけれど、それにふさわしい内親王がいなかったのだろう。長い年月がたっても、光君は未だにこの姫君のことを忘れずに思っていたので、こうして神に仕えるとくべつな身分となってしまうのは無念なことだと思う。姫君に仕える女房、中将に、以前と同じように手紙を届け、斎院となっても届け続けている。光君は以前とは様変わりした今の境遇をとくに気にすることもなく、朝顔の君に、右大臣家の六の君にと、とりとめのない恋に悩んでいる。

桐壺院の遺言を守って光君をたいせつに心に留めてはいるけれど、朱雀帝はまだ若く、性格も穏やかで、毅然としたところがない。母后、祖父の右大臣がそれぞれ思いのままに決めていくことに反対できず、世の中の政は意に添わないものとなっていく。院が亡くなって後、光君にとって世の中は面倒なことばかり多くなったが、尚侍となった六の君とはひそかに心通じていて、無理をなんとかしながらも逢瀬を途切れさせてはいない。

宮中で行われた五壇の御修法の初日、帝が謹慎している隙をうかがって、光君はいつものように夢見るような心地で尚侍に近づいた。あの、二人がはじめて逢った弘徽殿の細殿の部屋に、女房の中納言が人目につかないようにうまく案内し、光君を中に入れたのである。御修法のために僧たちの出入りも激しく人目も多いので、いつもより端に近く、だれかに見られてしまいそうでそらおそろしく思える。光君は朝に夕にその姿を目にしている人でも見飽きることのないほどのうつくしさである、ときたまにしか見ることのかなわない女君にとって、この対面はどれほどすばらしいものでしょう。尚侍となった六の君も、今や女としてみごとに花開いている。品格という点ではどうだろう、けれど優美でみずみずしく、いつまでも見ていたい魅力がある。

夜明けも近いかという頃、すぐそばで「宿直(とのい)の者でございます」と、咳払いして名を名乗っている。このあたりの部屋に忍んできている近衛官(このえづかさ)が、自分のほかにもいるのだろう、と思って光君はそれを聞く。たちの悪い仲間が居場所を教えて、わざわざやってこさせたのだな。おもしろくはあるものの、厄介な気もする。あちこち尋ねまわって、「寅(とら)一つ（午前三時）」と伝えている。

　心からかたがた袖(そで)をぬらすかなあくとをしふる声につけても

（自分から求めた恋にあれやこれやと涙が出て、袖を濡らします。夜明けを知らせる声を聞いても、あなたに飽きられると聞こえてしまう）

と詠む尚侍は心細げで麗しい。

　嘆きつつわが世はかくて過ぐせとや胸のあくべき時ぞともなく

（飽きるどころか、こんなふうに嘆きながら一生過ごせというのでしょうか。
　夜が明けても、胸の晴れる時もないまま）

光君はあわただしく帰っていく。まだ夜は深く、空には暁の月がある。霧が立ちこめる中を、お忍びらしくあえて粗末な恰好(かっこう)をしている光君は、かえって人目を引きそうなほどに輝いている。承香殿女御(しょうきょうでんのにょうご)の兄君、藤少将(とうしょうしょう)が藤壺(ふじつぼ)の部屋から出て、月光が影を作る塀のわきに立っていた。それに光君は気づかず通りすぎたのは気の毒なことと言えましょう。こういうことで光君を非難することも起きかねませんから……。

こうした密会をしてみると、自分をけっして寄せつけず冷淡な態度を崩さない藤壺を、見上げたお方だと思いはするものの、正直なところ、やはりつらく苦しく、恨みたくなることも多い。

藤壺は、大后の支配下にある宮中に参上するのは、決まりも悪く、肩身も狭く感じていたので、残してきた東宮に会えないことを気掛かりに思っていた。ほかに頼るべき人もおらず、ただひとり光君を頼りにしているのに、今なお困ったことに、光君は自分に執心しているようである。光君の振る舞いに藤壺はしばしば胸がつぶれそうなほどはらはらさせられる。亡き院がこの秘めごとの気配にまったく気づかなかったことを考えてもそらおそろしいのに、今もしまた、そうした噂が流れでもしたら、自分はどうなってもかまわないけれど、東宮の身の上にとってはよからぬ事態となるに違いない。そう考えるとおそろしくて矢も盾もたまらず、どうか光君があきらめてくれるようにと祈禱（きとう）までさせ、あらゆる方法を考えて避けていた。それなのにどうしたはずみか、思いがけず光君は三条宮（さんじょうのみや）まで忍びこんできたのである。光君はよほど慎重に計画したらしく、気づいた女房もおらず、まるで夢のようなできごとである。

光君はとても言い尽くせないほど綿々と思いの丈を伝えるが、藤壺は一分の隙もなく冷たくあしらい、ついには、胸を詰まらせひどく苦しみはじめた。近くに控えていた王命婦や弁が、驚いてあたふたと介抱をはじめる。光君は、女君のその心をひどい、つらいと思い詰め、過去も未来も真っ暗になってしまったように感じ、正気を失い、明け方になっても藤壺の部屋から出ていこうとしない。藤壺の病状にみなあわてて、女房たちが大勢出たり入ったりしはじめるので、我を失ったままの光君は塗籠へ押し入れられてしまう。光君の着物を人目につかないように隠し持っている命婦も弁も気が気ではない。藤壺はもう何もかもがつらいと思うあまり上気して、まだ苦しそうにしている。

そのうち、兄の兵部卿宮や中宮大夫などがやってきて、祈禱のための僧を呼ぶようにと騒ぎ出すのを、光君はじつに心細い思いで聞いていた。日が暮れる頃、ようやく藤壺の状態は落ち着いてきた。

光君がずっと塗籠に隠れているなどと藤壺は思いもせず、また女房たちも、二度とお心を乱すまいと思い、じつはこういった次第で……などとは言わないでいる。藤壺は、昼間の御座所へといざり出てくる。落ち着いたようだというので、兵部卿宮はすでに退出していて、先ほどよりは人も少なくなっている。日頃も身近に仕えている女房は多くはない。彼女たちは几帳や屛風の後ろなどに控えている。王命婦は困り果て、

「どうやって光君をここからお帰ししたらいいだろう。今夜もおのぼせになったりしたら本当においたわしいことですし……」などと、事情を知る者にひそひそとささやいている。

光君は、細めに開いている塗籠の戸をそっと押し開け、張りめぐらしてある屛風と屛風のあいだに忍び入る。こんなふうに藤壺の姿を目にするのは珍しく、うれしさのあまり涙のあふれる目で、こちらには気づいていないその姿を見つめる。

「まだとても苦しい。私のいのちもこれで尽きてしまうのかしら」と、外を眺めている横顔は、言いようもなく優美である。せめてお召し上がりくださいと勧めるように、果物が近くに置いてある。箱の蓋にもきれいに盛ってあるけれども、藤壺は見向きもしない。こうなってしまった身の上を深く嘆き悲しんでいる様子で、静かにもの思いに沈む姿は消えそうなほど弱々しい。髪の生え際、頭のかたち、肩や背にかかる髪の感じ、これ以上ないほどのうつくしさであるが、紫の女君とまったくうりふたつである。藤壺と逢えなかったここ何年かは、二人が似ていることは忘れていられたのに、あらためて驚くほどそっくりだと光君は思い、そう思ううち、つらい思いにかすかに陽(ひ)が射(さ)したような気持ちになる。こちらが気後れするくらい高貴な様子も、二人が別人とは思えないほどだが、やはり、昔から限りなく恋い慕った気持ちのせいか、藤壺のほうが格別で、年齢を重ねたぶん、みごとにうつくしくなったと思える。光君はもうこらえていることができず、そっと御帳台の内に入って藤壺の着物の褄を引いた。着物に焚きしめた香りで、光君だということは疑いようもなく、藤壺は息が止まりそうなほど驚いて、おそろしくなり、そのまま突っ伏してしまう。せめてこちらを向いてくださいと光君はせつなく懇願し、着物を引き寄せる。藤壺は上の着物をするりとすべらせるように脱いでいざり出て逃れようとするが、なんということか、着物とともに髪の毛までが君の手に握られている。逃れようのない光君との宿縁の深さが思い知らされ、藤壺はそらおそろしくなる。

光君も、今までずっと抑えていた恋心がすっかり乱れ、まるで気も狂ったかのように今まで抱えていた恨み言を吐き出すように泣く泣く訴える。藤壺は心の底から厭わしく思い、一言も返事をしない。

「気分がひどくすぐれないのです。こんなに苦しくない時があればお返事いたしましょう」とだけ伝えるが、光君はまだ深い思いを口にし続けている。さすがに、藤壺も身に染みるような話もあったのだろう。光君とのことはなかったことにはできないけれど、また同じ過ちをくり返すわけにはいかないと、藤壺は、やさしくはあるものの、うまく言い逃れをし、そうして今宵も明けていく。

藤壺の言葉に逆らうのも畏れ多く、またその気高い様子にも気後れして、

「せめて、ただこんなふうにでもせつない思いを晴らすことができましたら、もう大それたことをしようなんて思いません」光君は藤壺を安心させるように言う。ありふれた逢瀬であっても、このような許されぬ恋ではせつない思いも増すだろうに、まして今夜の二人の気持ちはほかにたとえるものもないはず……。

夜が明けてしまった。このままではたいへんなことになってしまうと、王命婦と弁が二人がかりで必死で説得する。藤壺は、まるで死んでしまった人のようである。その姿を目にするのはあまりにも胸が苦しく、

「こんな目に遭ってまだ生きていると思われるのも恥ずかしいことですから、このまま死んでしまおうと思います。けれどそうなれば、この思いを断ち切れないことで、来世も罪を負うのでしょう」と、光君はおそろしいほど思い詰めて言うのだった。

「逢ふことのかたきを今日に限らずは今幾世をか嘆きつつ経む

（逢うことがいつまでもこんなに難しいのならば、この先、幾世も生まれ変わりつつ嘆き暮らすことになるのでしょう）

あなたの往生の妨げにもなってしまいますね」

藤壺はそれを聞くと嘆息し、

ながき世のうらみを人に残してもかつは心をあだと知らなむ
（幾世にもわたる恨みを私に残すと言われましても、そのようなお心はすぐ変わるものだと知っていただきたいのです）

光君の深い思いも、あだごとであるかのように言ってのけるその様子は驚くばかりに気高いが、実際は藤壺がどう思っているのか気掛かりではあるし、自身も長居は苦しいばかりなので、呆然（ぼうぜん）とした心地のまま光君は帰っていった。

このような仕打ちをされて合わせる顔もない。向こうが、こちらに気の毒なことをしたと気づいてくれるのを待つしかないと思い、光君は手紙を書くこともない。宮中にも、東宮の元にも足を向けることなく、自邸である二条院にこもっている。寝ても覚めても、あまりにも冷たい宮のお心ではないかと、見苦しいほど恋しく思い、恋しく思っては悲しんでいる。たましいも抜けてしまったのか、病人のような心持ちになってくる。わけもなく心細く、なぜこうしているのか、この世に生きながらえているからつらさも増すのだ、出家してしまおうと思い立つ。しかし紫の女君がじつに無邪気に、心から自分を頼りにしているのを見ると、それを振り捨てることなどできるはずもない、と思う。

藤壺の宮も、あの夜のことが後を引いて、具合が悪いままである。光君がこうわざとらしく引きこもって手紙を送ってもこないのを、王命婦は気の毒に思っている。藤壺も、東宮のためを思うと、もし光君が東宮にもわだかまりを持つようだったら困るし、それに、光君がこの世を虚しいと思いつめ、一途（いちず）に出家を思い立ってしまったら……と思うと、さすがに心配になる。けれどもああしたことがくり返されれば、ただでさえうるさい世間に嫌な噂を立てられることになるだろう。大后がおもしろくないと言っているらしいこの中宮の位をいっそ退いてしまおうと、だんだんと心を決めていく。亡き桐壺院が、東宮の将来のためにお考えになり、おっしゃってくださったことは、並大抵のお気持ちではなかったことを藤壺は思い出すにつけても、すべてのことは変わってしまう世の中だ、と思わずにはいられない。漢の時代、呂太后（りょたいこう）からひどい目に遭わされた戚（せき）夫人ほどではないだろうけれど、かならず世間の笑いものとなるできごとが起こる身の上なのだ……などと考えていると世の中が厭わしくなって、尼になることをついに決意する。けれども東宮に会わないまま姿を変えてしまうのはつらく、こっそりと宮中に参内した。ふだんはそれほどのことでなくても、気のまわらないことが何ひとつないほど藤壺に奉仕する光君は、具合が悪いことを口実に、この参内のお供もしなかった。家臣たちをお供に差し向けるなど、ひと通りのことはするものの、すっかり気落ちしてしまわれたのだと、事情を知っている女房たちは同情している。

東宮はじつに愛らしく成長している。母宮との久しぶりの対面がよほどうれしいらしく、まつわりついてくる東宮を藤壺は心からいとしく思う。この子を置いて出家するのは容易なことではないけれど、宮中の様子を見るにつけても、世の中に確かなものなどなく、移り変わってしまうことのなんと多いことかと思う。大后の心も気掛かりである。こうして出入りするにも身の置きどころがなく、何かにつけてつらい思いをするばかりなので、東宮のゆく末も不安になり、悪いことが起こるのではないかとおそろしくなる。

「長いあいだお目にかからないでいるうちに、私の姿が今とは違う、嫌なふうに変わってしまったら、どうお思いになりますか」と、藤壺は我が子に訊く。東宮は彼女をじっと見て、

「式部のように？　どうしてあんなふうになってしまうの？」と笑っている。

あまりにあどけなく、胸が締めつけられるようで、

「式部は年をとったから醜いのですよ。そうではなくて、髪は式部より短くて、薄墨色の着物を着て、夜居の僧のようになってしまうのですから、こうしてお目に掛かることも今よりずっと少なくなってしまうでしょう」藤壺は言ううち泣いてしまう。東

宮は真剣な面持ちになり、

「長いあいだ会えないと恋しくなってしまうのに」と涙をこぼす。涙を見られるのは恥ずかしいのか、横を向いてしまう。その髪はゆらゆらとつややかで、目元が人なつこく輝いている様子は、成長するにつれて、光君の顔をそっくり移し替えたかのようである。少し虫歯になって口の中が黒みがかり、にこにこしている、そのほんのりとしたうつくしさは、女にして眺めたいほどである。これほどまでに光君に似ていることが、つらく、また唯一の玉に瑕(きず)と思ってしまうのは、このわずらわしい世間に、自分たちの秘密が知られてしまうのではないかと、ひたすらにおそろしいからである。

光君は、東宮を心から恋しく思ってはいるが、藤壺のあきれるほどの冷たい心を、藤壺自身にも思い知らせてあげようと、宮中に参上したい気持ちをこらえて過ごしている。けれど決まり悪くなるほどに思い悩み、何も手につかないので、秋の野を見物がてら雲林院(うりんいん)まで参詣することにした。亡き母の兄の律師(りし)がこもっている僧坊で、経典を読み勤行(ごんぎょう)をしようと思い、二、三日滞在しているあいだにも、いろいろと感じ入ることが多い。紅葉(もみじ)がだんだん色づいていき、秋の野の優美な景色を見ていると、京のことも忘れそうな気持ちになる。

学問のある法師たちを呼び集め、論議をさせてそれを聞く。場所が場所なので、眠りもせずに世の無常を考えてみるが、やはりつれない人のことがいっそう恋しく思い出されてしまう。明け方の月の光に、法師たちが仏に水を奉るためにカラカラと花皿を鳴らし、菊の花、濃淡の紅葉などを折り散らしているのも、なんということのない光景ではあるが、こうした仏へのお勤めは、現世の虚しさを満たし、来世の極楽浄土も約束してくれるように思える。それにひきかえ、自分はなんと情けない身をもてあましているのだろうと考え続けている。律師が、じつに尊い声で「念仏衆生摂取不捨（ねんぶつしゅじょうしょうしゅふしゃ）」と声を長くのばして唱えているのが心からうらやましくなって、なぜ思い切って出家できないのか、などと考えるにつけ、あの紫の女君が心に引っかかって思い出される。なんと未練がましい心でしょうか……。

　いつになく長いこと離れて暮らしているので、気掛かりになり、紫の女君に手紙だけはたびたび送ってはいた。

「俗世が捨てられるかと自分を試すために来てみたのですが、虚しい気持ちをなぐさめることもできず、いっそう心細く感じています。まだここで聞き残している教えがあり、ぐずぐずしていますが、どのように暮らしておられますか」

　などと、陸奥国紙（みちのくにがみ）にさらりと書いてあるが、みごとなものである。

　浅茅生（あさぢふ）の露のやどりに君をおきて四方（よも）の嵐（あらし）ぞ静心（しづこころ）なき

（浅茅生（あさじう）の露のようなはかない世にあなたを置いてきてしまい、四方から吹きつける激しい風の音を聞くにつけ、あなたが心配で気が気ではありません）

と、心のこもった手紙に女君は泣き出してしまう。返事として、同じく白い色紙に、

風吹けばまづぞ乱るる色かはる浅茅（あさぢ）が露にかかるささがに

（風が吹けば真っ先に乱れるのです、枯れて色の変わる浅茅の露、そんなはかないものにかかった蜘蛛（くも）の糸――変わられてしまうお心を頼りにしている私は）

とだけ書いた。

「筆跡は本当に上達したものだ」と光君はつぶやき、かわいい人だとほほえんでいる。いつも手紙のやりとりをしているので、女君の筆跡は光君のそれに似て、さらにもっとやわらかい、女らしいところも加わっている。どこから見ても不足なく育て上げたものだと光君は思う。

風も吹き通うくらい近いところなので、斎院となった朝顔の姫君にも手紙を送った。お付きの女房である中将の君には、「こうして旅の空に、恋に悩んでふらふらとさまよい出てきてしまったのを、おわかりになるはずもないでしょう」などと恨み言を書き、斎院には、

「かけまくはかしこけれどもそのかみの秋おもほゆる木綿襷かな

（言葉にして申し上げるのも畏れ多いのですが、あのずっと前の秋の日を思い起こしてしまう木綿襷です）

昔を今に、と思っても仕方のないことですが、取り戻せるようにも思いまして」

と馴れ馴れしげに、浅緑色の唐紙に書き、榊に木綿をつけるなど神聖なもののようにして送った。中将からの返事である。

「ここ、斎院御所では思いの紛れることもなく、これまでのことをつらつらと思い出すにまかせ、あなたさまのこともいろいろお偲び申しておりますが、今となってはどうすることもできません」

と心をこめて言葉多く書いてある。斎院からは、木綿の片端に、

「そのかみやいかがはありし木綿襷心にかけてしのぶらむゆゑ

（その昔、私たちのあいだにどんなことがあったというのでしょう、あなたが偲ぶという昔の子細は）

近頃ではなおさら身に覚えがありません」

とある。心をこめて書いたふうではないが、巧みで、草仮名などはうまくなっている。斎院も年齢を重ねてさぞやうつくしくなっているだろう――そんなふうに想像し

ては心を騒がせているのだから、神の前だというのにおそろしいこと……。

ああ、去年の今頃のことだったかと、野宮(ののみや)での逢瀬のせつなかったことを思い出し、不思議なことにあの時もこの時も、神に邪魔されているようだと光君は思う。恋の前には神をも恨む光君の心癖の、なんと見苦しいことでしょう。積極的に望めばどうとでもなった時にはのんびりと過ごし、斎院となった今になってもったいないことをしたと思っているのも、おかしな性分というもの。斎院も、光君の通りいっぺんではない気持ちがわかるので、たまの手紙の返事には、あまりそっけなくもできないようで……。少々困ったことではありますね。

光君は天台六十巻の経文を読み、気になるところを僧に説明させたりして逗留(とうりゅう)している。雲林院ではその姿を、修行の甲斐(かい)あってすばらしい光明があらわれた、仏の御面目も立つと、身分の低い僧たちもよろこびあっている。

こうしてひとり静かに世の中のことを考えていると都に帰るのが億劫(おっくう)になってくるけれど、ただひとり紫の女君のことを案じてしまう。それが修行の妨げとなってしまうので、長く逗留を続けるわけにもいかず、雲林院に御誦経(みずきょう)の布施を盛大におさめ、上下の僧たち、付近の木こりにまで、それぞれにしかるべきものを贈って、尊い功徳の限りを尽くし、いよいよ帰ることとなった。こなた彼方にみすぼらしい柴刈(しばか)り人が集まって、涙を流して光君を見送っている。父院の喪に服して黒い車に乗りこみ、鈍色の喪服に身をやつしているので、姿ははっきりとは見えないが、隙間から垣間見える光君の姿を、この世にまたとないお方だとみな思っているのである。

しばらく離れていたあいだに、紫の女君はいっそう大人びて女らしくなっている。しんみりとして、自分たちの関係はどうなっていくのだろうかと案じているらしいのが、光君にはいじらしくも思え、また胸も痛むのだった。私の浮ついた心が思い乱れていることがはっきりわかるのだろうか、それで「色かはる」などと書いてきたのだろうかと思うと、なおさらいとしく思え、いつもより仲睦まじくこまごまと話をする。

山の土産と持ってきた紅葉を、庭先のそれと比べると、とくに露が紅葉を色濃く染めているようで見過ごせず、久しく訪ねていない藤壺のことも見苦しいほど気に掛かるので、ふつうの挨拶のように光君は手紙を送った。

「中宮が珍しく参内なさったと伺いました。東宮にもずいぶんご無沙汰してしまいましたので気にはなっておりましたが、仏道修行をしようと思い立った予定の日数を途中で切り上げるのも不本意に思いまして、日にちがたってしまいました。紅葉をひとりで見るのは、闇夜に錦を着るくらいつまらないことですので、よい折にご覧くださいますよう」
と王命婦に宛てて書いてある。本当にすばらしい紅葉の枝で、藤壺もつい見入ってしまう。と、例によって、ちいさな結び文が枝についている。女房たちが近くに控えているので、藤壺は顔色を変える。まだこんなお心でいるのか、なんて嫌なこと。残念なことに、あんなに思慮深くいらっしゃるお方が、出し抜けにこういうことをなさるのだから、女房たちも不審に思うでしょうに……と不快になり、紅葉の枝は瓶に挿させて廂の柱の下に押しやらせてしまった。

私事には触れず、東宮については光君を頼りにしていることなど、堅苦しい返事ばかりをくり返す藤壺を、光君は、なんと冷静に、どこまでもつれなくするのかと恨めしく思う。けれど、今までずっと何ごとにつけ世話をしてきたので、今さらよそよそしくしても人にあやしまれるだろうと、藤壺が退出するという日に光君は迎えに参上した。

まず宮中の朱雀帝の御前に参上する。政務もなくのんびりとしているところだったので、光君は帝と昔や今の話を語り合った。帝は、その容貌も桐壺院によく似ていて、それに加え一段とたおやかで、物腰もやわらかい。帝と光君は、互いになつかしく思って見つめ合う。尚侍（朧月夜）について、まだ光君と関係は終わっていないらしいと帝は耳にしていて、それらしい気配に気づくこともあるが、いやいや、今にはじまったことならともかく、彼女が入内する前から続いていることであるし、そんなふうに心が通じ合うのも不似合いではない二人なのだから……と、大目に見て、咎めることはないのだった。さまざまな話をし、学問上の疑問点なども光君に尋ね、風流な歌のやりとりについても語っているうちに、あの、斎宮が伊勢に下った日のこと、その姿のうつくしかったことなどを帝は話した。光君も打ち解けた気持ちになり、御息所と野宮で別れた時の曙が心に染み入ったことなどを、すっかり話してしまうのだった。

九月二十日の月が次第に上り、情趣あふれた景色となり、帝は「管絃の遊びをしてみたいところだね」とつぶやく。

「中宮が今宵ご退出なさるそうですから、そのお世話に参ります。院のご遺言がございますし、それに私のほかに後見申し上げる人もおりませんので、東宮のご縁からも中宮が気掛かりなものですから」光君は言う。

「東宮を私の養子にするようにと院はおっしゃっていましたから、とくべつに気をつけてはいるのですが、ことさら何かして差し上げることもないだろうと思いまして。東宮は、お年のわりにはご筆跡なども格別にすぐれているようですね。何ごともうまくはない私の面目も立つというものです」と言う帝に、

「東宮のなさることはたいてい聡明でしっかりしていらっしゃるようですが、まだまだ幼くていらっしゃいます」と、光君は東宮の様子を報告し、退出する。光君のお供の者がひそやかに先払いしていくところへ、弘徽殿大后の兄、藤大納言の子である頭弁という者が通りかかった。妹の麗景殿女御のところへ行こうとしていた頭弁は、時流に乗って得意になっている若者で、遠慮もないのだろう、しばらく立ち止まって、「白虹日を貫けり。太子畏ぢたり」と、君主に歯向かおうとした者が失敗に終わったという史記の一節を、光君へのあてこすりのつもりかゆっくりと吟じた。光君は顔を背けたい思いでそれを聞くが、いったい咎め立てなどできるでしょうか。大后はおそろしく怒っているようだし、面倒な噂ばかりが聞こえてくる。しかもこうして大后に近い人々までこれ見よがしにあてこすりを言うのである。光君はわずらわしく思いながらも気にも留めないふりをしている。

「帝の御前に参っておりまして、今まで夜更かしをしておりました」と藤壺に挨拶をする。

月は明るくあたりを照らしている。かつてこのような夜は、桐壺院が管絃の遊びを催し、はなやかに過ごしていたと思い出し、同じ宮中でありながら、ずいぶん変わってしまったと藤壺は悲しみに沈む。

九重に霧や隔つる雲の上の月をはるかに思ひやるかな

（幾重にも霧がかかって私を隔てているのでしょうか、雲の上の見えない月を思っております――宮中には悪意ある人々が私を隔てているのでしょうか、帝にお目にかかることもできません）

と王命婦を取り次ぎにして、藤壺は伝えた。御座所が近いので、御簾の内の藤壺の様子もかすかにだがなつかしく漏れ聞こえてくる。光君は日頃の恨めしさも忘れて涙を流す。

「月かげは見し世の秋にかはらぬを隔つる霧のつらくもあるかな

（月の光はこれまでの秋と同じく照らしていますのに、それを隔てる霧の心――あなたのよそよそしさが恨めしいです）

霞も、仲を隔てるという意味では人と同じく意地悪だ、などと詠まれておりますが、昔もそうだったのでしょうか」と光君は伝えた。

藤壺は、いつまでも東宮との別れを名残惜しく感じて、多くのことを話して聞かせたけれど、東宮はさほど深く心に留めていないのが気掛かりでたまらない。東宮はいつもなら早くに眠ってしまうのだが、母宮が帰るまでは起きていようと思うのだろう。母宮が帰ってしまうのをたいそう恨めしく思うが、幼いながら身分をわきまえてさすがに後を追うようなことはしない。その姿を光君はいじらしく思うのだった。

光君は先ほど頭弁が吟じていたことを思うと気が咎め、また不穏な空気をわずらわしく思い、尚侍の君に手紙を送ることもないまま久しくなった。

初時雨が早くも冬の気配を感じさせる頃、どう思ったのか、その尚侍から便りがあった。

木枯の吹くにつけつつ待ちし間におぼつかなさのころも経にけり
（木枯らしがお便りを運んでくるかと待っている間に、もどかしい思いのまま日々が過ぎてしまいました）

季節に寄せた歌が胸を打ち、その上、無理をしてこっそり書いたのだろう彼女の気持ちもうれしくて、手紙の使いを留め置き、唐紙を入れてある厨子を開けさせてとくべつ上質なものを選び、光君は念入りに筆の穂先を整えている。その様子がいかにも恋をしているふうなので、そばに仕えている女房たちは、お相手はいったいどなたなのだろうとそっとつつき合っている。

「お便りを差し上げても、その甲斐がないのに懲りてしまって、ひどく気落ちしておりました。ただつらいと思っているあいだに、あなたに待たれるほど日が過ぎて……。

あひ見ずてしのぶるころの涙をもなべての空の時雨とや見る

（逢えずに恋しさをこらえている私の涙の雨なのに、ただ季節の変わり目の時
　雨とお思いですか）
心が通うならば、長雨の空を見つめてもの思いにふけるのも忘れ、気持ちも晴れる
ことでしょう」
などと、情のこもった手紙となった。
こんなふうに季節に寄せて送られてくる手紙もずいぶんと多いようだが、光君は薄
情だと思われない程度の返事をするだけで、さほど深く胸に刻むわけではない。
藤壺は桐壺院の一周忌の法要に続き、法華八講会の準備を丹念に進めている。十一
月の上旬、桐壺院の命日には雪が激しく降った。光君は藤壺に手紙を送った。
別れにしけふは来れども見し人にゆきあふほどをいつとたのまむ
（院にお別れ申した日は今日またゆぐってきましたが、亡き院にまたお目に掛
　かれるのはいつだと頼りにしたらいいでしょう）
今日はだれでも悲しい気持ちでいるのだろう、藤壺からも返事があった。
ながらふるほどは憂けれどゆきめぐり今日はその世に逢ふここちして
（院亡き後、生きながらえているのはつらくてたまりませんでしたが、御命日

がめぐってきて、今日はふたたび院ご在世の御代(みよ)に出逢ったような気持ちです）

とりたてて心を砕いた書きようではないけれど、上品で気高いと思うのは、光君が藤壺をそのような方だと思っているからかもしれませんね。書風は今風で個性的というわけではないが、人と比べるとやはりすぐれた書きぶりである。光君も今日は藤壺への思いを抑え、しみじみと雪の雫(しずく)に濡れ、涙がちにお勤めをする。

十二月の十余日頃、藤壺の主催での法華八講会が催された。じつに荘厳である。毎日供養する経をはじめとして、玉で飾った軸、羅(ら)の表紙、帙簀(じす)の装飾をほどこされた経巻は、世に類するものがないほど立派に作らせたのである。藤壺は通常の場合でも格別に立派にするので、ましてこの法会(ほうえ)はもっともなことだった。仏像の飾りも花籠を置く机も、机にかける敷物も、ほんものの極楽を思わせるほどである。第一日は藤壺の父である先帝の供養、次の日は母后(ははきさき)のため、第三日は桐壺院のためで、法華経(ほけきょう)の中でもとくに重んじられた第五巻が講説されるこの日は、上達部(かんだちめ)たちも右大臣に遠慮などしていられずに大勢参拝にあらわれた。この日の講師(こうじ)はとくに厳選したので、第五巻の最初の提婆達多品(だいばだったぼん)から、同じように講説する言葉もひとつひとつが尊く感じられる。「法華経をわが得しことは薪(たきぎ)こり菜摘み水汲(みづく)み仕へてぞ得し」の歌をうたいながら練り歩く「薪」の行道では、親王たちもさまざまな捧げ物を手に行道するが、光君の振る舞いにかなう者はいない。……いつもいつも褒めてばかりだけれど、見るたびすばらしいのだからほかに言いようもないのです。

最後の第四日、自身のための祈願をその日の趣旨として、出家するとの由を藤壺は仏前で報告したので、一同が驚いた。兄である兵部卿宮や光君は激しく動揺し、いったいどういうことかと思う。兵部卿宮は法要の途中で席を立ち、藤壺の御簾に入った。藤壺は決意がかたいことを伝え、法要が終わる頃、比叡山延暦寺の座主を呼び、尼として戒を受ける旨を話した。おじである横川の僧都がそばに寄り髪を切る時には、御殿の中は揺れるほどどよめき、不吉なほど泣き声が満ちた。たいした身分でもない老いぼれた人でも、いよいよ出家するという時には不思議と悲しくなるものだが、まして今まで出家のことをおくびにも出さなかったのだから、兵部卿宮も泣きに泣いた。法会に集まっていた人々も、法会全体がひじょうに尊い雰囲気でもあったので、みな袖を濡らして帰っていく。

桐壺院の子息たちは、昔の藤壺の宮を思い出しては、いよいよいたわしく、また悲しく思えてみな慰問の挨拶をしていく。光君はその場に残り、かけるべき言葉もなく、どうしていいのかもわからないのだが、何をそんなに嘆いているのかと周囲の人々に不審に思われるといけないので、兵部卿宮が帰った後に藤壺の元へ行った。

だんだん人の気配が静まり、女房たちも洟をかみながらところどころに寄り集まっている。月はくまなく冴えわたり、雪が光を放つような庭を見ても昔を思い出し、たえがたい気持ちになるが、なんとかこらえて光君は
「どのようなご決心からこのように急にご出家されたのですか」と訊いた。

「今はじめて決めたことではありませんのに、先ほどはもの騒がしい様子でしたので、決意も揺らぎそうでした」と、いつものように王命婦を通して藤壺は言う。部屋の中では、大勢集まって控えている女房たちが、衣擦れの音にもことさら気をつけて振る舞い、身じろぎしながら悲しみをこらえかねている様子が伝わってきて、無理もないと悲しくそれらに耳を傾ける。風が激しく吹きすさぶ。室内に焚きしめた、たいそう奥ゆかしい黒方の香りが染みわたり、仏前の名香の煙もかすかに混じっている。光君の着物の香りもそれに混じり合い、そのめでたさは、極楽浄土を自然と思い浮かべる夜である。東宮からの使いもやってきた。先日の東宮の幼い話しぶりを思い出し、かたい決意ながらもこらえがたく、返事もうまくできずにいる藤壺のために、光君が口添えをするのだった。

だれも彼もその場にいる者はみな心を静めることができず、光君もまた心の内を言

い出すことができずにいる。

「月のすむ雲居をかけてしたふともこの世の闇になほやまどはむ
（今宵の月のように心の澄んだご決意をお慕いして出家したくとも、私はやはりこの世の闇――子を思う心の闇に迷うことでしょう）

と思いますので、どうにもならないことですね。ご出家に踏み切られたこと、この上なくうらやましく思います」

とだけ言う。女房たちが近くにいるので、千々に乱れる心の内もあけすけに話すことはできず、胸の張り裂けるような思いである。

「おほかたの憂きにつけてはいとへどもいつかこの世を背き果つべき
（この世の多くのことがつらくなって出家いたしましたが、いつ、この世の執着から――子を思うゆえの迷いから抜け切ることができるでしょうか）

煩悩を捨て切ることは難しいですね」

などと、返事の一部は、取り次ぎの女房がうまくつくろって伝えているのでしょう。際限のない悲しみに襲われて、胸を痛めつつ光君は退出した。

二条院に戻って東の対の部屋でひとり横になるが、なかなか眠ることもできない。自身も出家してしまいたい気持ちになるが、東宮のことが気掛かりである。せめて母宮だけでも中宮の地位を与えて東宮の後ろ盾にしようと、院のお考えあってのことなのに、この世のつらさにたえかねて出家してしまったので中宮という身分も捨てなければならないだろう。その上自分までもが東宮を見捨ててしまっては……などと悶々と考えて夜を明かしてしまう。ともあれ今は、仏に仕える暮らしに必要な道具類を送ろうと考え、年内に間に合うように急がせる。王命婦もお供として出家してしまったので、彼女のことも心をこめてお見舞いをする。でも、くわしく話していくと大げさになっていくからと、伝え漏らしてしまったようですね。じつのところ、こういう折にこそいい歌ができることもあるのに、まったくもったいないこと……。

出家した後は、三条宮の藤壺の元に光君が参上するのも以前のような世間への気兼ねはいらず、時には取り次ぎなしに、藤壺自身が返事をすることもあった。藤壺への深い思いはけっして消えないけれど、藤壺が出家した今では、以前にもましてあってはならないことなのである。

年も改まり、宮中はさまざまな新年行事にはなやぎ、内宴や踏歌(とうか)が行われる。それらが聞こえてきて、藤壺(ふじつぼ)は感慨深く思いながらも、しめやかに仏前の勤めを行い、来世のことばかり考えているので、後世も頼もしく、これまでのわずらわしかったことも遠い昔のことのように思える。通常の祈禱のための念誦堂はそのままにして、出家にあたりとくべつに建てられた御堂が西の対の南側にあり、少し離れているが、藤壺はそこに移り心のこもったお勤めをしている。

三条宮に光君が参上する。新年のにぎやかさもなく、邸はひっそりとしてひとけもなく、親しく仕えている役人たちだけがうなだれ、そう思って見るからなのか、ひどく気落ちしているように見受けられる。白馬の節会の馬だけが昔と変わらず牽かれてきて、女房たちが見物している。

以前はところ狭しと大勢集まってきていた上達部たちが、今は三条宮の前を避けるように通りすぎていき、向かいの右大臣邸に集まっている。これが世の常だとはいえさみしいことだと思っている藤壺の前に、光君が千人にも匹敵するくらいの立派な姿で心深くも訪ねてきて、藤壺はわけもなく涙ぐむのだった。

客人である光君もひどくしんみりとした様子であたりを見まわし、すぐには何も言い出せずにいる。住まいは今までとはまるで様変わりして、御簾の端、几帳も青鈍色であり、隙間隙間から見え隠れする女房たちの、薄鈍色や梔子色の袖口などが、かえってしとやかで奥ゆかしく見える。一面に溶けた池の薄氷や、岸の柳の芽吹く気配だけは季節を忘れずにいるようなのを、光君は感慨深く眺め、「音に聞く松が浦島今日ぞ見るむべも心あるあまは住みけり（後撰集／名高い后の御所を今日拝見しましたが、なるほど、奥ゆかしい尼が住んでおられました）」という古歌から「むべも心ある」と小声で口ずさんでいる。その姿はなんとも優雅である。

　ながめかるあまのすみかと見るからにまづしほたるる松が浦島

　（ここがあの松が浦島、もの思いに沈む尼のお住まいと思うと、何より先に涙がこぼれてしまいます）

と光君が詠むと、すべて仏にと明け渡している奥ゆきもない場所なので、近くにいるらしい藤壺の、

　ありし世のなごりだになき浦島に立ち寄る波のめづらしきかな

　（昔の名残もないこの浦島に、お立ち寄りくださる方があるとは珍しいことです）

と取り次ぎに伝える声もかすかに聞こえる。光君はこらえようとするが、涙がはらはらと落ちる。御簾の向こうの、今では世を悟った尼たちにどう思われるか、決まりが悪いので、多くを語らずに光君は退出した。

「お年を重ねてなんとまあご立派になられたのでしょうね。なんのご不自由もなく幸福で、時流に乗っていらっしゃった時は、そういう人の常で、人生の機微などおわか

りにはならないのだろうと思えました。今はずいぶん思慮深くおなりになって、ちょっとしたことでも、しっとりとした深さを感じさせてくださいますね……おいたわしくもありますが……」などと、年老いた尼たちは泣きながら褒めるのだった。藤壺も多くを思い出していた。

春の除目の季節である。藤壺に仕える人たちは当然賜るべき官職も得られず、ふつうの道理からいっても中宮の年給としても、かならずあるべき昇進もなく、じつに多くの人が嘆くこととなった。中宮がこうして出家した場合でも、すぐにその位を退き、御封（給料）が停止されるものでもないのに、藤壺の出家を口実にずいぶんといろいろなことが変わった。すでに執着を断った俗世のことだけれど、宮に仕える人々が頼るべきものを失ったように悲しんでいるのを見ると、藤壺は心が乱れる時もあった。けれど我が身にはどんなことがあろうと、東宮が無事に帝に即位されればと、そのことだけに心を砕き、仏道修行に怠りなく励むのである。藤壺は心の内で、人にはけっして言えない不吉でおそろしい心配があるので、私に免じて東宮の罪をどうか軽くしてお許しくださいと熱心に仏に祈っては、心をなぐさめている。光君も、藤壺の心中をそのように推測し、無理からぬことと思っている。光君の邸に仕える者たちも、中宮に仕える人々と同じくつらいことばかりなので、光君も世をおもしろいと思えず邸に引きこもって過ごしている。

左大臣も、公私ともに様変わりしてしまった世の中に嫌気がさし、辞職の文書を帝に奏上した。帝は、故桐壺院（きりつぼいん）が左大臣を重要な後見人と見なし、末永く天下の支えとするようにと言っていた遺言を思い返し、なくてはならぬ人物として、辞表を受け取っても本気にはせず、取り上げることをしなかった。けれども左大臣は意志を曲げず強いて辞退し、引きこもってしまった。こうして今、いよいよ右大臣一族ばかりが重ね重ね限りもなく栄進していくのである。天下の支えとされていた左大臣が隠退してしまったので帝も心細く思い、世間の人々も、心ある者はみな嘆いている。

左大臣の子息たちはみな好もしく、だいじに扱われ、それぞれ幸せそうに暮らしていたのだが、今はすっかり勢力を失い、長男の三位中将（さんみのちゅうじょう）（頭中将（とうのちゅうじょう））などは世の動向にすっかり失望している。妻である右大臣の姫君のところへも、相変わらず通うのも途絶えがちで、右大臣家にとっては心外なほどのそっけない扱いなので、右大臣は気を許した婿のひとりとも見なしていない。思い知れというつもりなのか、この春の除目でも昇進はなかったが、中将はたいして気にもしていない。光君のようにすぐれた人物が、こうしてひっそりと過ごしているのを見るにつけ、世の中など頼りにならないものだとわかってきて、自分の不遇などなおさら当然のことだとあきらめ、光君の元に通い詰めて学問や管絃の遊びをいっしょにしている。若かった頃も異常なくらい競争心を燃やしていたが、今もまた中将は些細なことにかこつけては光君と張り合おうとしているのである。

光君は、恒例である春秋の読経会はもちろんのこと、その時々に応じて法会をさせ、また暇のありそうな文章博士たちを集め、作文や韻塞ぎといった遊びに興じては気晴らしをしている。朝廷への出仕もせず光君が思うままに遊び暮らしていると、世間では、厄介なことを次第に言い出す人もいるようですが……。

夏の雨がのどかに降り、光君がすることもなく過ごしていると、韻塞ぎに用いるのに適した詩集を何冊もお供の者に持たせ、中将が二条院にあらわれた。光君も、書庫を開けさせて、まだ開けたことのない厨子から珍しい詩集で由緒のあるものを選び、表立ってではないが、作文に長けた人々を大勢呼んだ。殿上人も儒者たちもたくさん集まって、左方と右方の二組に分かれさせ、立派な賭物を用意して韻塞ぎをはじめる。古詩の韻を隠し、それを当てていく韻塞ぎは、進むにつれて難しい韻の字が多くなっていく。名を成した博士たちでもところどころまごついて答えられないのを、時々口にする光君は、人と比べるべくもない学才なのである。

「どうしてこうなんでもかんでも揃っていらっしゃるのだろう。やはり宿世で、すべてのことが人よりすぐれていらっしゃるのだろうか」と、人々は口々に褒める。ついに中将の右方が負けた。

二日ほどして、負けた中将が宴を開いた。大げさにはせず、うつくしい数々の檜破籠や賭物も用意して、今日も先だっての人々を多く招いて詩を作らせる。階段の下に薔薇がほんのわずかばかり咲いていて、春秋の花盛りよりもしっとりと落ち着いた風情があるので、人々はくつろいで管絃を合奏する。中将の子息で、今年はじめて殿上童となる七つか八つくらいの少年が、じつにきれいな声をしており、笙の笛を吹いたりするのがなんともかわいらしく、光君は遊び相手にしている。右大臣の娘、四の君の産んだ次男である。右大臣の外孫ということで、この少年は世間からの信望も篤く、だいじに扱われている。利発で、顔かたちも整っている。合奏が少し乱れていくと、この童が声を張り上げて「高砂」をうたいはじめ、それがじつに愛くるしい。光君は自分の着ていた着物を脱いで褒美に与えた。いつもより酔っている光君の顔は、たとえようもなくつやつやと魅惑的である。薄い直衣に単衣を着ているので、透けて見える肌がひときわ輝いていて、年老いた博士たちは遠くから見て涙を流している。

「あはましものを　さゆりばの」と、童が「高砂」をうたい終えると、父の中将が光君に盃を渡す。

それもがと今朝ひらけたる初花におとらぬ君がにほひをぞ見る

（それを見たいと願っていた今朝開いたばかりの花に、あなたのうつくしさはけっして劣りませんね）

光君は照れたように笑って盃を受けた。

「時ならで今朝咲く花は夏の雨にしをれにけらしにほふほどなく

（時季に合わずに今朝咲く花は、夏の雨にしおれてしまったようだ、うつくしく咲いて匂う間もなく）

もうすっかり衰えてしまったよ」と光君は陽気に振る舞って、中将の褒め言葉を酔いの戯言と決めつけるのを、中将は何度も咎めては酒を勧める。

そのほかにも、この場の人々は多くの歌を作ったようですが、このような酒宴の時の整ってもいない歌をいちいち書き留めるのは考えなし、などという紀貫之の戒めもあることだから、ここは先人に従って、面倒でもあるし、省くことにしましょう。みな、光君を賞賛する内容の和歌や漢詩を作り続けた、とだけ……。

光君もすっかり気負って、「文王の子、武王の弟」と口ずさむのがじつにすばらしい。これは中国の聖人周公旦が、自分は「文王の子、武王の弟、そして皇太子成王の叔父だ」（史記）と言ったのを、文王を桐壺院に、武王を朱雀帝に置き換えたのだけれど、では自分は成王（東宮）の何、と言うつもりだったのでしょう。さすがにそれは口ごもらざるを得なかったようですよ。

　兵部卿宮もしょっちゅうやってくる。もともと管絃の腕前もすぐれている宮である、はなやかな遊び相手である。

　その頃、尚侍の君（朧月夜）は宮中を退出した。わらわ病に長いこと苦しんでいて、実家である右大臣家に戻ってまじないなどを気兼ねなくするつもりだったのである。加持祈禱などの甲斐あって快方に向かったので、右大臣家ではだれも彼もがよろこんでいる。そんな折、例によって、めったにない機会だからと光君と尚侍の君は示し合わせて、無理を押して毎夜毎夜逢瀬を重ねていた。尚侍の君は女盛りで、ゆたかではなやかな感じの人が少しばかり病にやつれ、ほっそりとしたその様子はなんとも魅力的である。姉の弘徽殿大后も同じ右大臣家にいるのだから、おそろしいことなのであるが、光君はこのような無理な逢瀬にこそ心の燃え立つ気性なので、ひっそりと慎重にしながらも逢いにいくのをやめないのである。ことの次第に気づく女房たちもいるようだけれど、何かと厄介なので大后にはとくに報告しないでいる。

右大臣もまた、こんなことがあろうとは思いもしなかった。急に雨がおそろしい勢いで降りはじめ、雷もひどく鳴り響いている明け方近く、右大臣家の子息たちや宮司たちが立ち騒ぎ、あちこちから人の出入りも多く、女房たちもこわがって尚侍のそばに集まってくる。ひそんでいた光君はどうにも困り果て、帰るすべもないまま夜が明けてしまった。御帳台のまわりにも女房たちが大勢並んでいるので、光君はどきどきと胸の波打つ思いだ。事情を知っている女房が二人ばかりいて、おろおろしている。

雷が鳴りやみ、雨も小やみになってきた頃、右大臣がやってきて、まず大后を訪ねる。にわか雨の音に紛れてその音に気づかなかった尚侍の部屋に、気軽にさっと入ってきて、御簾を上げるやいなや「だいじょうぶか。昨夜の天気はたいへんな騒ぎで、心配していたのだが、こちらに来ることができなかった。中将や宮の亮はちゃんとそばに仕えていたか」と言う。その口調が、早口で落ち着きのないのを、光君はこんな厄介な時なのに、ふと左大臣の様子と比べ、ずいぶんな違いだと苦笑してしまう。確かに、部屋にすっかり入ってしまってから話せばいいものを。

尚侍の君は困り果て、御帳からそっとにじり出た。その顔が真っ赤なのを見て、まだ気分が悪いのかと思ったのか、

「顔色がいつもと違うのはどうしたことか。物の怪が憑いていたら厄介だから、もっ

と修法を続けさせておくのだった」と右大臣は言い、二藍色の帯が、尚侍の君の着物に絡みつき、外側に出てしまっているのに気がつき、何か変だと思う。さらに手習いのしてある懐紙が几帳の下に落ちているのにも気づく。これはいったいどうしたものかと驚いて、

「それはだれのものか。見慣れないものだが……。渡しなさい。だれの字か調べよう」と言うので、尚侍は振り向いて、はじめて落ちている懐紙を見つける。取り繕うこともできず、なんと答えようかととっさに思う。女君が我を失っているのだから、右大臣ほどの高い身分であるならば、娘とはいえどんなに恥ずかしい思いをしているかと思いやって遠慮すべきでしょう。けれどひどく気短で、おおらかなところのない右大臣は、前後の見境もなくなって懐紙を取り上げ、几帳から中をのぞきこむ。すると、やけに色めかしい様子で、無遠慮に横になっている男がいる。今になってようやく顔を隠し、だれだかわからないようにしている……。

右大臣はあきれ果て、まったく心外で腹立たしいけれども、どうして面と向かってその人と暴き立てられよう。目もくらむような心持ちで、懐紙を手に、大后のいる寝殿に向かう。尚侍の君は正気を失い、死にそうな心地である。困ったことになったと光君も思う。とうとうつまらない振る舞いが積もり積もって、世間の非難を受けるこ

とになるのかと思いながら、女君が痛々しい様子でいるのを、あれこれとなぐさめる。

右大臣は、思ったことをそのまま口にし、胸におさめるということができない性格である上に、いよいよ老いの偏屈さも加わって、何をぐずぐずためらったりするものかと、娘の弘徽殿大后に洗いざらい話して聞かせる。

「これこれしかじかの次第だよ。この懐紙にあるのは源氏の大将の筆跡だ。以前のあの二人も親の許しもなくそうなってしまったが、源氏という人物に免じて何もかも我慢してきた。婿として面倒をみようと申し出た時にはさっぱり無視され、心外な態度をとられて、おもしろくない思いをしたものだ。しかしこれも前世の宿縁なのだと思って、帝ならば、穢れた娘だなどとお見捨てになるまいと頼りにして、当初の望み通り宮中に差し上げたのだ。それでもやはりそのことに負い目があって、大手を振って女御などと名乗らせられないことだけでも、もの足りなく残念に思っていた。そこへきてまたこんなことが起きてしまったのだから、情けなくて仕方がない。男にはよくあることとはいえ、源氏の大将もじつにけしからぬ了見ではないか。神をも畏れず斎院にもまだ言い寄ってはこっそり手紙のやりとりをして、あやしいところがあると人々が噂しているが、そんなことは天下国家にとってのことだけでなく、源氏自身にとってもよからぬことなのだから、そんな無分別なことはするはずがないと思っていた。何しろ当代きっての識者として天下を従えている様子は格別なようだから、大将の心を疑ったことなどなかった」

父親の右大臣よりさらに激しく光君を憎んでいる大后は、じつに不快な面持ちで言う。

「帝とは申し上げても、昔からみな朱雀帝(すざくてい)を見下しているのです。あの辞任した左大臣だって、だいじなひとり娘を兄の東宮に嫁がせることをしないで、その弟源氏の、元服の添い寝のためにとっておいたり、またこの六(ろく)の君(きみ)も帝に差し上げようと心づもりしていたところ、それより前に源氏と恥さらしなぶざまなことになったのに、だれが源氏を悪いと責めたでしょうか。みながみな源氏の味方をしていました。源氏をこちらの婿にという思惑が外れてはじめて、六の君は尚侍として宮仕えすることになったのではありませんか。尚侍というのも気の毒だから、どうにかしてそれなりに人に劣ることのない身にしてあげよう、あんなに憎いことをした源氏の手前もあるし、と思っていたのに、当の本人はこっそりと自分の気に入った男になびいていたというわけですか。斎院とのこともなるほどありそうなことですよ。あの男が何ごとにつけても、帝の御ために安心できないように思えるのは、次なる東宮のご治世をとりわけ期待している人ですから当然ですわ」

大后は遠慮もなくずけずけと言うので、さすがに右大臣は辟易し、なぜすっかり話してしまったのかと後悔する。

「まあ、しばらくこのことは内密にしておこう。帝にも奏上しないように。このような罪を犯しても帝は自分を捨てたりなさるまいと頼りにして、尚侍もいい気になっているのだ。内々に忠告しても聞かないようならば、その責めは私が負おう」ととりなしてみるが、大后はいちじるしく機嫌を損ねたままである。尚侍と私はこうして同じ邸にいて隙もないのに、遠慮もせず、あんなふうに忍びこんでくるということは、わざとこちらを軽んじて馬鹿にしているのだ、と思うとますます腹が立ってきて、これは源氏を陥れるべき手立てを講じるのにはいい機会だ、などと、思案をめぐらせている。

花散里（はなちるさと）

五月雨の晴れ間に、花散る里を訪ねて

もはや男女の関係はなくとも、
一度でも愛した女のことは忘れないのが光君という人なのです。

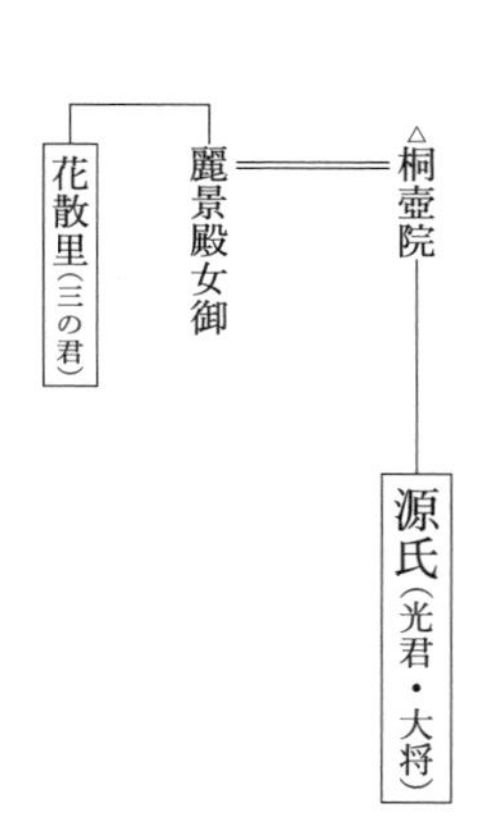

△桐壺院
麗景殿女御
花散里（三の君）
源氏（光君・大将）

*登場人物系図
△は故人

人知れず、みずから招いた恋愛の悩みは以前も今も変わらないけれど、このように、世間一般の動きについても、困ったことになったと思い乱れることばかりなので、光君(ひかるきみ)は心細く、世の中のすべてが厭(いと)わしくなり、出家のことが頭をよぎるけれど、そうできずにいる理由も多いのである。

故桐壺院(きりつぼいん)の妃(きさき)のひとりであった麗景殿女御(れいけいでんのにょうご)という人は、皇子(みこ)や皇女(こうじょ)もおらず、院が亡くなってからはいよいよさみしい暮らしとなり、ただ光君の庇護(ひご)によって暮らしているのである。麗景殿の妹である三(さん)の君(きみ)と光君は、かつて宮中あたりでちょっとした逢瀬(おうせ)をかわしたことがあった。光君はいつもの心癖でこの三の君をすっかり忘れることなく、かといって、正式に妻とするわけでもないので、三の君はひどく思い悩んでいるようである。この頃、何ごとにつけても思い悩んでいる光君は、その悲しみのひとつとして三の君を思い出し、じっとしてはいられなくなって、五月雨(さみだれ)が珍しく晴れた、雲の絶え間に出かけることにした。
　これといった身支度をすることなく、目立たないようにして、先払いの者も付けず、こっそりと中川のあたりを通りすぎると、ちいさな邸がある。木立など風情のあるその邸から、いい音色の琴を、和琴の調子に調絃して掻き鳴らし、にぎやかに弾いているのが聞こえてくる。光君は車を停めさせ、門に近い建物なので、車から少し身を乗り出して門内を見た。桂の大木を吹き抜ける風に、賀茂の祭の頃をふと思い浮かべる。どこということではないが風情のある景色に、一度通ったことのある女の家だと気づいた。気持ちが動き、あれからずいぶん時がたったが覚えているだろうかと気も引けるが、通りすぎることもできずにためらっていると、郭公が鳴く。いかにも邸内に誘うような声なので、車を押し戻させ、いつものように惟光を先に入れる。

　をちかへりえぞ忍ばれぬ郭公ほのかたらひし宿の垣根に
（昔に戻り、郭公が胸の思いを忍びかねて鳴いています。昔ちょっと訪ねた家の垣根で）

　寝殿とおぼしき建物の西の端に女房たちがいる。以前にも聞いたことのある声なので、惟光は咳払いをして相手の様子をうかがい、光君の便りを伝える。若々しい女房たちの気配がして、どなただろうといぶかしんでいる様子である。

郭公ことゝふ声はそれなれどあなおぼつかな五月雨の空
（郭公の訪れて鳴く声は確かにあの時のものですが、五月雨で空が曇っていて、どうもはっきりわかりかねます）

との返歌に、わざとわからないふりをしていると思った惟光は、「わかりました、家を間違えたのかもしれません」と言い置いて出てきたが、女君は内心では、恨めしくも残念にも思っていた。

確かに、ずいぶん久しぶりなのだからわからないふりをするのも無理はないと、引き下がるしかない。これくらいの身分の女としては、筑紫の五節がかわいらしかったなとその人を光君は思い出す。どんな女にたいしても気持ちが途切れることなく、悩みが絶えない。年月がたっても昔の女のことを忘れてしまわないので、かえって多くの女たちのもの思いの種となるのである。

当初の目的の場所は、想像していた通り人影もなく静まりかえっていて、胸に迫るものがある。まず麗景殿女御の部屋を訪ね、故桐壺院の思い出話などをしているうちに、夜が更ける。五月二十日の月が出る頃、高い木立の陰がいよいよ暗くなり、軒近くから橘の香りがなつかしく漂ってくる。女御は年齢を重ねているがあくまで奥ゆかしく、気高く愛らしい人である。とくべつ寵愛を受けていたわけではないが、桐壺院が親しみやすく心の安らぐ人だと話していたのを思い出すと、昔のことがあれこれと思い偲ばれて、光君はつい涙をこぼす。

先ほど中川のあたりで鳴いていたのと同じだろうか、郭公が同じ声で鳴いている。自分の後を追ってきたのか、と思うとおもしろく感じた。「いにしへのこと語らへば郭公いかにしりてか古声のする（古今六帖／昔のことを語らっていると、郭公よ、なぜ知ったのか、あの時と同じ声で鳴いている）」から、「いかに知りてか」などと光君はひそやかに口ずさむ。

「橘の香をなつかしみ郭公花散里をたづねてぞとふ
（昔を思い出させる橘の香りがなつかしいので、郭公はこの橘の花の散る里をさがしてやってきたのですね）

昔のことを忘れられない気持ちをなぐさめるには、やはりこちらにお伺いするべきでした。こうしておりますと、悲しみの紛れることもありますが、増えることもありますね。人は時勢に左右されますから、故院の頃の昔話をぽつりぽつりと話せる人も少なくなってしまいました。まして私よりもあなたは所在なさを紛らわすすべもないのではありませんか」

と告げると、今さら言うまでもない世の有様ではあるが、女御はしみじみと感にたえている様子である。女御のやさしい人柄のせいもあり、光君も深く感じ入るのである。

人目なく荒れたる宿は橘の花こそ軒のつまとなりけれ
（訪れる人もなく荒れてしまった邸では、昔を偲ばせる橘が軒に咲いて、あなたをお招きするよすがとなりました）

と詠む女御は、やはりほかの女とは異なってすばらしい人だと思わずにはいられない。

三の君のいる西側の部屋を、光君は目立たないようにさりげなく訪ねるが、めったにない訪問でもあり、また世にもまれなるうつくしさなので、三の君は恨めしさも忘れてしまう。光君が例によってなんやかやとあれこれ話して聞かせるのも、心にもないことばかりでもないはず。

仮にも光君が関係を持った女性たちはみな、並々の身分ではなく、それぞれに、なんの取り柄もないような人はいない。そのせいか、光君も女君も仲違いすることもなく、お互いに気持ちの底を通わせ合って日を過ごしているのである。そうした仲をつまらないと思う人は心変わりしていくが、それもまた世のことわりだと光君は達観している。先ほどの中川の女も、そんなふうに心変わりをしてしまったひとりなのである。

須磨（すま）

光君の失墜、須磨への退居

どれほど多くの人が、光君の須磨行きを嘆き悲しんだことでしょう。さびしい須磨の住まいを訪れる人はあっても、光君の心は慰められることなく……。

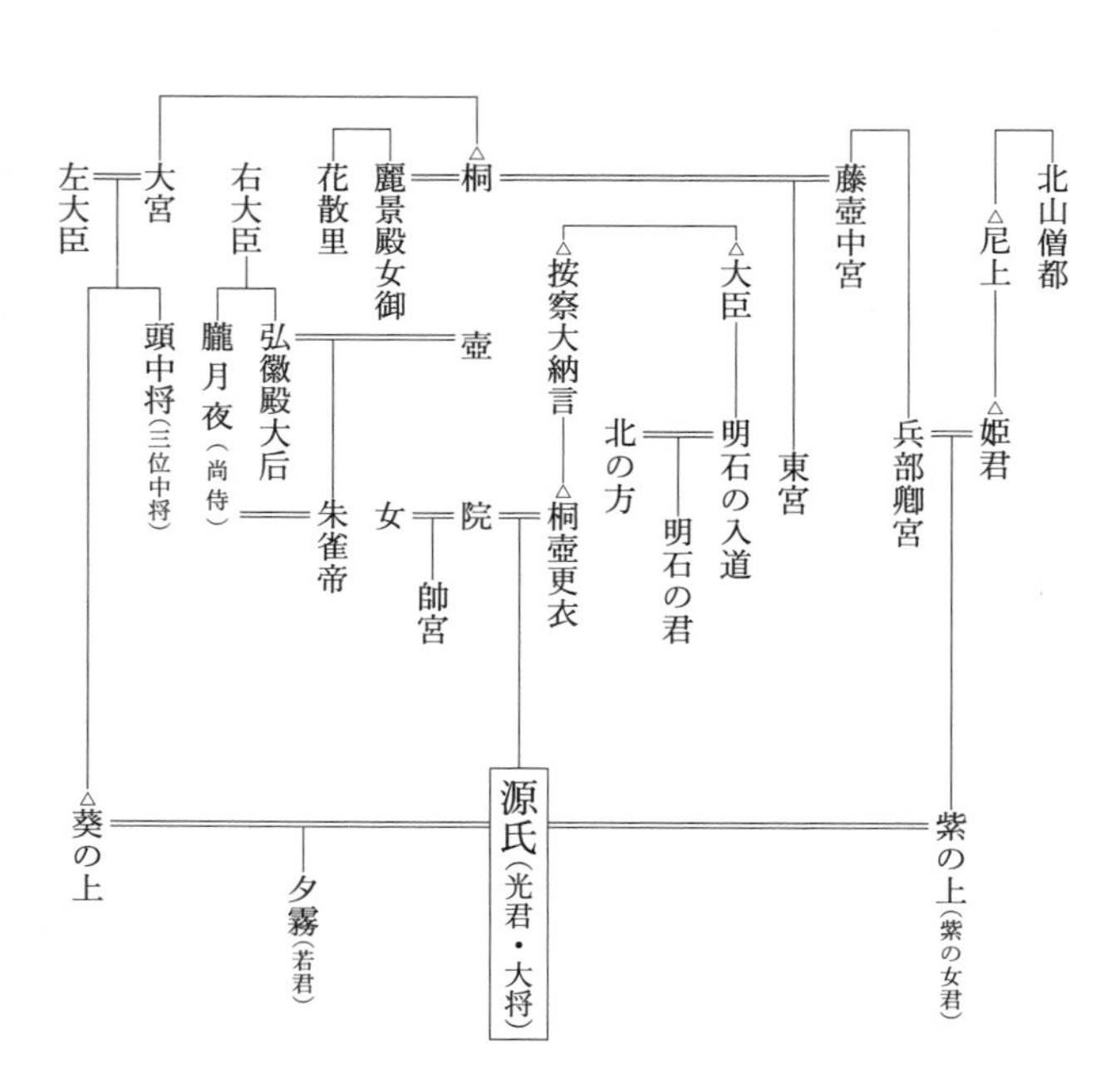
北山僧都
△尼上
△姫君
兵部卿宮
藤壺中宮
東宮
△大臣
明石の入道
北の方
明石の君
△按察大納言
△桐壺更衣
△桐壺院
女
帥宮
麗景殿女御
花散里
右大臣
弘徽殿大后
朧月夜（尚侍）
朱雀帝
大宮
左大臣
頭中将（三位中将）
紫の上（紫の女君）
源氏（光君・大将）
夕霧（若君）
△葵の上

＊登場人物系図
△は故人

世の中の情勢は光君にとって非常にわずらわしいものとなり、いたたまれない思いをすることも増えてきた。光君はなんとか知らぬ顔で過ごしているけれど、もしやもっとひどい事態になるかもしれないと内心おそれている。

しばらく京を離れることを考え、隠棲の地を考える。かつて在原行平が住んで歌を残した須磨は、昔こそ身分ある人の別荘もあったが、今は人里離れてものさみしく、海士の家すらまれにしかないという話である。人の出入りが多くてざわついた住まいは嫌だし、かといってあまりに都から遠く離れてしまえば故郷が恋しくてならないだろうと、見苦しいほど光君は思い悩んでいる。

今までにあったこと、この先のこと、すべてを考え続けてみると、悲しいことがじつに多い。わずらわしいことばかりだと見切りをつけた世の中ではあるが、それでも、いよいよ離れるとなると、あきらめきれないこともまた多いのである。なかでも、紫の女君が日が過ぎるにつれいよいよ嘆き悲しんでいるのは、見るのもつらいほど痛々しい。別れてもめぐりめぐってまたかならず会えると思ってみても、今まで一日二日と離れて暮らしただけでも心許なく思え、紫の女君もこの上なく心細そうだったのに、まして幾年どのくらいと決まっている旅ではなく、また会う時までと、それがいつともわからず旅立っていくのである。この世は無常なのだから、もしやこのまま永久に別れなければならないかもしれないと光君はひどく悲しい気持ちになり、こっそりいっしょに連れていこうかと思いもするが、心細い海辺の、波風のほかに訪れる人もいないようなところに、こんなにかよわい姫君を連れていくのもふさわしくないし、自分としてもかえって思い悩むことになるだろう、と思いなおす。けれども紫の女君は、「どんなにつらい旅路でも、ごいっしょできさえするのならば」との気持ちから、いかにも恨めしそうにしている。

あの、三の君が住む花散里の邸でも、光君が通うことはめったにないとしても、心細くさみしい日々を光君の情けに頼って暮らしているのだから、都を離れることを嘆き悲しんでいるのも無理はない。ほかのわずかばかりの逢瀬であっても、光君が通ったあちこちでは、人知れず悲しんでいる女たちも多かったのである。

出家した藤壺の宮も、世間でどんな噂を立てられるかわからないから、自身にとって用心しなくてはと思いながらも、内々で始終お見舞いを光君に寄越した。以前このように熱心に思いやって、情けを見せてくださっていたなら……、と光君は思い、つれなくされてもやさしくされても、どこまでも思い悩まずにはいられない、それがこの方との宿縁なのかと苦しい気持ちになるのだった。

三月二十日過ぎ、光君は都を出立することにした。世間に知らせることなく、近しく仕えている者だけ、七、八人をお供に連れ、ひっそりと出ることになった。しかるべき女たちには手紙だけひそかに送っていた。相手が君を恋しがらずにはいられないほど、言葉を尽くして書いた手紙は、きっとすばらしいものだったろうけれど、その時はこちらも取り乱していて、その内容をちゃんと聞いておかなかったのがまったく悔やまれます。

出立の二、三日前、光君は夜に紛れて左大臣の邸に向かった。粗末な網代車に乗って、下簾を垂らして女が乗っているように見せかけて訪ねたのだが、まったくすべてが悲しく、夢であるかのように思えた。亡き葵の上の部屋は、見るからにさみしく荒んでいた。若君の乳母たちや、昔から仕えている女房たちはみな、光君がこうして久しぶりにあらわれたことをよろこび、それぞれ近くに集まってきた。光君の姿を前に、まだ世間知らずの若い女房も、世の無常を思い知って涙を流した。若君はじつにかわいらしい様子で、はしゃいで走ってくる。

「久しぶりなのに、私を忘れていないとは感心だね」と膝に抱き上げる光君は、涙をこらえているようである。

左大臣がやってきて光君と対面した。

「所在なくお引きこもりになっていらっしゃる時に、参上して、とりとめもない昔話でもお話し申し上げようと思っていたのですが、我が身の病が重いという理由で朝廷にもお仕えせず、官職も辞したものですから、わたくしごとで気ままに出歩いて、などと世間で悪い評判を立てられかねませんので……。もっとも、退官した今は世間に気兼ねしなければならないこともないのですが、今の手厳しい世の中がたいへんおそろしく思われます。このようなあなたのご悲運を拝見することになろうとは、長生きするものではありません。世も末でございます。天地を逆さまにしましてもこんなことになろうとは思いもよりませんでした。もう何もかもがつまらなく思えます」と言い、涙に暮れる。

「どれもこれもみな前世の報いだそうですから、つまりは私に原因があるのでしょう。こんなふうに官爵を剝奪されるということではなく、ちょっとした咎（とが）にかかわった場合でも、朝廷から謹慎処分を受けている者が何ごともないように暮らしているのは異国でも罪の重いこととされています。まして私の場合は遠国への流刑という詮議もあると聞きますので、とくべつ重い罪とされるのでしょう。良心に恥じることなどございませんが、だからといって素知らぬ顔で暮らしているのも憚(はばか)られます。これ以上大きな辱めを受けないうちに、都の生活から身を引こうという決心がつきました」などと、光君はくわしく伝える。

　左大臣は昔話をはじめ、故桐壺院(きりつぼいん)のこと、そして桐壺院が、光君の将来について考えていたことなどを話して聞かせるが、直衣(のうし)の袖を目元に押し当てたまま離すことができない。それを見て光君も気丈に振る舞うことができなくなってしまう。幼い若君が何もわからず出入りしてはその場にいる人々にまとわりついているのが、光君にはたまらなくいじらしく見える。

「亡くなった娘をいっときも忘れることができず、今も悲しんでおりますが、もし生きておりましたら、このたびのことをどれほど嘆き悲しんだことかと思います。よくぞ短命で、こんな悪夢を見ずにすんだことだと自分をなぐさめております。まだちいさい若君が、こんな年寄りたちの中に残されて、父君であるあなたに親しく接することができない日がこの先続いていくのかと思いますと、何より悲しいことでございます。昔の人も、本当に罪を犯したことで厳しい罰を受けたとは限りませんでした。やはり前世からの因縁で、異国の朝廷でも、罪なくして罰せられるような事件は多くあったのです。けれどもそれは、だれかがそれらしいことを言い出して、はじめて事件とされるものですが、今回は、どう考えても思い当たることもございませんのに……」と、左大臣は数々の話をして聞かせる。光君は泊まることにして、女房たちを呼び集めて昔話に興じる。こっそりと、ほかの女房よりもとくべつに情けをかけている中納言の君が、思いを言葉にできないほど悲しんでいるのを見て、光君は人知れずいとしく思う。みなが寝静まった後、とりわけこの人と睦まじく語り合う。そうするために泊まったのでしょう。

夜が明けてきて、まだ暗いうちに邸を出ると、有明の月がじつに趣深い。桜の花はだんだんと盛りを過ぎて、白砂を敷きつめた庭に、若葉の萌え出した木々がわずかな木陰を作っている。一面の薄霧に月の光もぼんやり霞んでいるのは、秋の夜の風情よりずっと身に染みた。隅の高欄にもたれ、光君はしばらく庭を眺める。中納言の君は見送るつもりなのか、妻戸を押し開けて控えている。

「あなたとまた逢うのも、思えばずいぶん難しいことだ。こんなことになるとは知らずに、なんの心配もなく逢えたはずの月日を、のんきにかまえて無沙汰をしたね」と光君が言うのを聞き、中納言の君は何も言えずに泣き出してしまう。

若君の乳母である宰相(さいしょう)の君を介して、大宮から光君に挨拶がある。

「直接にご挨拶申し上げたいのですが、取り乱した気持ちでおりまして……。こんなに暗いうちにお帰りにならなければならないのは、やはり以前とは立場もお変わりになってしまったのですね。かわいそうな若君はぐっすり眠っておりますのに、しばらくお待ちにもならないのですね」

光君はそれを聞いて泣き、

鳥部山(とりべやま)もえしけぶりもまがふやと海士(あま)の塩(しほ)焼く浦見(うらみ)にぞ行(ゆ)く

(鳥部山で妻を葬った、あの時の煙に似ていはしないかと、海士が塩を焼く須磨の浦を見にいきます)

大宮への返事というわけではなく吟じ、「夜明け前の別れとは、こんなにも悲しいものなのか……。わかってくれる人もあるのだろうけれど」とつぶやく。

「いつでも別れという言葉はつらいものでございますが、今朝はやはりほかとは比べられるはずもないと思います」と、宰相の君は涙声で心底悲しんでいるように言う。

光君は大宮への返事を託す。

「こちらから申し上げたいこともありまして、幾度も考えてはいたのですが、ただもう胸がつかえておりますので、どうぞお察しください。ぐっすり眠る若宮のお顔をもう一度見てしまえば、かえってこのつらい世から逃れがたくなります。気持ちを強く持って、急いでお暇いたします」

左大臣の邸を出ていく光君を女房たちがのぞいて見送った。西の山の端に傾きかけた有明の月はたいそう明るい。その月に照らされる、優美で、輝くばかりにうつくしい光君が悲しみに沈んでいる様子には、虎も狼も泣いてしまうに違いない。まして光君が幼い頃からずっとなじみある女房たちなので、今までとは激変した光君の境遇を、どうしようもなく悲しく思っている。

そういえば、大宮から返事があったのです。

なき人の別れやいとど隔たらむ煙となりし雲居ならでは

（亡き人との別れはますます遠く隔たってしまいます。煙となって立ち上った都の空の下を去ってしまわれるのならば）

大宮のこの悲しみも加わって感極まり、光君の去った後、人々は縁起でもないほどに泣き合うのだった。

二条院に帰り着くと、光君の部屋付きの女房たちは一睡もできなかったらしく、ところどころに寄り集まって、世の中の変わりようをひどく嘆いている様子である。お付きの家臣たちのいる侍所では、いつも親しく仕えている者たちが、須磨へお供する心づもりで妻や親兄弟との別れを惜しんでいるのか、だれもいない。今や光君邸を訪れるだけでも厳重に咎め立てられて面倒が多くなるので、かつては所狭しと居並んでいた馬や車の影かたちもない。そのさみしい光景に、世の中はなんと無情なものかと光君は思い知るのだった。食器を載せる台も半分ほど埃が積もり、ところどころの畳も裏返してある。自分がいるあいだですらこんな有様なのだから、いなくなればどれほど荒れすさんでいくだろう……と思わずにはいられない。

　西の対に行くと、紫の女君は格子も下ろさずにぼんやりとものの思いにふけって夜を明かしている。簀子では年若い女童たちが寝ていたが、今起き出してざわめいている。幾人かがかわいらしい宿直姿でいるのを見ていると光君は心細くなり、年月がたてばこの人たちも我慢しきれずにここを出て、散り散りになっていくのだろうな、などと、いつもなら気にならない些細なことにまで目がいくのだった。

「昨夜はこうしたわけで夜が更けてしまってね。いつものように、心外な邪推をしていたのでしょう。こうして都にいるあいだだけでもそばを離れたくないと思うのだけれど、いよいよ世間を離れるとなると気掛かりなことばかりで、知らんふりして放っていくわけにもいかない。この無常の世の中に、情け知らずと疎まれたままなのも忍

びないしね」と、光君が言うと、

「こんな目に遭うこと以外に心外なこととは何がありますでしょう」とだけ言い、紫の女君は思い詰めた様子でいる。その様子が常人とはかけ離れてうつくしい。その深い悲しみも無理からぬこと。父である兵部卿宮（ひょうぶきょうのみや）は、以前から紫の女君とは疎遠だったが、この頃はまして世間の噂を気にして手紙を送ってくることもなく、お見舞いにすらやってこない。人の手前、そのことを恥ずかしく思い、なまじ父宮に知られないでいたほうがよかったのに、と紫の女君は思うのだが、継母（ままはは）である妻が、「とつぜん降って湧いた幸せも束の間ですこと。まったく縁起でもない、だいじに思ってくれる人が次々と別れていってしまう人ですわね」と言っているとある筋から漏れ聞いて、ますます気がふさぎ、自分から手紙を出すこともしないでいる。継母の言葉通り、光君のほかに頼りにする人もいない女君は、本当に気の毒な身の上である。

「いつまでもお許しが出ずに年月がたってしまうようだったら、人里離れた山の中でもあなたを迎えるよ。ただ、今すぐそんなことをしては、いかにも外聞が悪いでしょう。朝廷から謹慎を命じられた者は、明るい月や日の光も見てはならず、思いのままに気軽に行動することも重い罪なのだよ。過ちは犯していないけれど、前世からの因縁でこんな目に遭うのだと思うと、愛する人を連れていくのなど前例のないことだし、こんなにも馬鹿げた世の中だから、もっとひどい目に遭うことにならないとは言えないからね」光君は紫の女君にそう言い聞かせ、日が高くなるまで寝室で休む。
帥宮(そちのみや)や三位中将がやってくる。対面しようと光君は直衣に着替える。「無位無官の者は」と遠慮して、無地の直衣の、かえって好ましく見えるものを身につける。そうして地味にしていても、立派に見映えがする。髪を整えようとして鏡台に近づくと、面やつれした姿が我ながら気高くうつくしく見える。
「すっかりやつれてしまったな。この鏡の中の影みたいに痩せてしまったのか。悲しいことだ」と光君は言う。目に涙を浮かべてそちらを見る紫の女君の様子が、どうしようもなくいじらしい。

身はかくてさすらへぬとも君があたり去らぬ鏡の影は離れじ
（我が身はこうして流浪しても、あなたのそばにある鏡に映ったこの影はずっと離れませんよ）

光君が詠むと、紫の女君も応える。

別れても影だにとまるものならば鏡を見てもなぐさめてまし
（お別れしても、そこに影だけでも留(とど)まるのならば、鏡を見て心をなぐさめることもできましょうけれど）

柱の陰に隠れて座って涙を見せまいとしているその姿には、やはりこれまで逢った数多（あまた）の女とは比べものにならないと思い知らされずにはいられない。

帥宮は光君と心のこもった話を交わし、日の暮れる頃に帰っていった。

花散里（はなちるさと）の邸（やしき）では心細く思って、光君に始終手紙を送ってくるのも当然ではある。三（さん）の君（きみ）ともう一度くらい逢（あ）わなければ薄情に思われるだろうかと考え、その夜はそちらに向かおうとするものの光君は億劫（おっくう）でたまらず、ひどく夜が更けてから到着した。麗景殿女御（れいけいでんのにょうご）が「こうして人並みにお扱いくださり、お立ち寄りいただきまして」とお礼を言う様子を、くどくど書きつけるのもわずらわしい。

じつに心細い暮らしようで、光君の庇護（ひご）の元に過ごしてきた年月のことや、これからますます荒れさびていくだろう有様が思いやられるように、邸内はひっそりと静まりかえっている。春の月がおぼろに射（さ）して、広い池や築山（つきやま）の木々の深い茂みといったうらさみしい光景を照らし、光君は、人里離れた須磨の風景を思い浮かべる。

西側の部屋では、まさかこうまでして光君がやってくるとは思わずふさぎこんでいるところへ、いつもよりひときわ優美でしめやかな月の光の中、立ち居するにつけて類いもないほどかぐわしい香りを漂わせながら光君があらわれた。三の君は少しいざり出て、そのまま二人で月を見上げる。話をしているうちに夜明けが近づいてしまう。
「ずいぶん夜が短いですね。こうしてお目にかかることも二度とできないかと思うと……。今までお逢いしなかった日々が悔やまれます。過去にも未来にもめったにない例として語り草とされそうな身の上で、心からくつろぐことなく過ごしてきたのです」と過ぎた日々のことを話していると、朝を告げる鶏も鳴き出すので、人目を憚って急いで邸を出る。いつものように、その姿がすっと消えてしまう月に重なって、悲しみが広がる。月の光が女君の濃い紫の着物に映り、それが泣いているように見える。

月かげのやどれる袖はせばくともとめても見ばやあかぬ光を
（月の光の映る私の袖は狭いけれど、留めてみたく思います、見飽きることのないその光を）

ひどく悲しんでいる様子があまりにも心苦しく、自分もつらいのをさておき、女君をなぐさめる。

「ゆきめぐりつひにすむべき月かげのしばし曇らむ空なながめそ
（空を行きめぐって、ついには澄むべき月が、しばらく曇るだけなのだから、空を眺めてもの思いに暮れないでください）

考えてみれば頼りないことですね。ただ行く先の見えない涙が、心を暗くしてしまいます」と言い、光君は夜が明けきらないうちに帰っていく。

　出立のための準備を万端にさせて、親しく仕えていた家臣のうち、時流に乗ろうとしない者たちだけ、二条院の事務を執り行う上と下との役目を決めておく。須磨にお供をするものはみな、また別に選び出す。かの山里の住処での道具類は必要最低限のものだけ、しかもことさら飾り気のない質素なものにして、また、白氏文集などのなくてはならぬ書物の入った箱と、そのほかには琴をひとつ、持っていくだけにする。仰々しい調度やはなやかな着物はまったく持たず、みすぼらしい山賤のような恰好で出かけるのである。光君に仕える女房をはじめとして、二条院のすべてのことを紫の女君にゆだねる。領有している荘園や牧場、領地の証文もみな紫の女君に預けて置いていく。そのほか、二条院内の倉、衣類や調度の収納してある納殿などのことまで、しっかり者と見込んでいる少納言に、信頼できる家司たちを付けて、取り仕切っていけるように指示を与える。光君に仕えている中務や中将といった女房たちは、つれないお扱いだったけれど、そばにお仕えさせていただくだけで満足していたのに、これからはどうしたらいいものか……と思案に暮れている。光君は、

「命あってふたたびこの世に帰ってくることもあろうと、待っていてくれる気のある

者は、この人にお仕えしてほしい」と、上下の身分の区別なく、みなを紫の女君のいる西の対に集める。若君の乳母たちや、三の君（花散里）にも、みやびやかな贈り物はもちろんのこと、日常品にまでこまかく心を配る。

そして光君は無理を押して尚侍（朧月夜）の元に手紙を送った。

「お見舞いくださらないのは無理からぬことと思っておりますが、今はこれまでと世の中をあきらめて都を離れる苦しさもつらさも、今まで味わったことのないものです。

　逢ふ瀬なき涙の河に沈みしや流るるみをのはじめなりけむ

（逢うこともできないあなたを思って涙の川に身を沈めたのが、この流浪のはじまりだったのでしょうか）

と思い出すことだけが、逃れられない私の罪なのです」

手紙が届くまでも危険なので、くわしくは書かないでおいた。尚侍も胸が張り裂けそうで、こらえてはいても、涙が袖で拭いきれないのは致し方ないことである。

　涙河うかぶ水泡も消えぬべし流れてのちの瀬をも待たずて

（涙河に浮かぶ水泡のような私は消えてしまいそうです。いつかお帰りになるあなたとの逢瀬も待たずに）

泣く泣く心を乱して書いたのだろう筆跡に妙味がある。もう一度逢うこともできずに別れるのかと思うと、ひたすらに無念ではあるが、考えなおしてみると、尚侍の縁者には自分に悪意を持っている者も多く、彼女自身も人目を憚っているのだから、何がなんでも逢うようなことはせずに終わろうと光君は思うのだった。

明日出立するという日の暮れ、桐壺院の墓を参拝しようと光君は北山に向かった。明け方にかけて月が出る時分なので、まだ月は出ていない。その暗さに紛れて藤壺の宮を訪ねた。宮は、そばの御簾の前に御座所を用意し、自身で対応する。東宮のことを宮はたいそう気掛かりに思っているのである。お互いに深い思いを秘めた二人の話は、何ごとも、どれほど胸に染み入ったことでしょう……。

たおやかでうつくしい藤壺の宮の様子は昔と変わらない。光君は今までの冷たい仕打ちへの恨み言をちらりとこぼしたくなるが、今さらそんなことを言っても宮は不快に思うだろうし、自分もまた、かえって心が乱れるだろうとぐっとこらえて、ただ、

「思いもよらない罪に問われることになりました。それでも思い当たる節がただひとつございまして、天の咎めがおそろしくてなりません。惜しくもないこの身は命をなくしても、東宮の御代さえ、何ごともなく安泰であれば……」と言うに留めるが、それもまたもっともなこと。

藤壺の宮にもすべて心当たりのあることなので、心が騒ぐばかりで返事もうまくで

きずにいる。今までのさまざまなことを思い出して泣き出してしまう光君の姿は、どこまでも優美である。光君は宮に訊(き)く。

「桐壺院のお墓に参りますがお伝えすることはありますか」

藤壺の宮はすぐには何も言うことができず、なんとか気持ちを静めようとしている。

見しはなくあるは悲しき世の果てをそむきしかひもなくなくぞ経(ふ)る

(お連れ添い申した院は亡くなり、生きていらっしゃるあなたは悲しい身の上になられてしまった。この世の末を、出家した甲斐(かい)もなく私は泣きながら暮らしています)

二人ともひどく深い悲しみに包まれ、胸に積もる多くを口にすることができない。

別れしに悲しきことは尽きにしをまたぞこの世の憂(う)さはまされる

(院にお別れした時に悲しみは尽きたはずなのに、さらにこの世はどんどんつらくなっていきます)

有明の月の出を待って光君は出かける。お供には五、六人だけ、下仕えも気心の知れた者だけ連れて、牛車(ぎっしゃ)ではなく馬で出かける。言うまでもないことではあるが、かつての外出とはまるきり様子が違っている。家臣たちはみな悲しんでいるが、その中に、あの賀茂(かも)の祭の斎院御禊(さいいんごけい)の日、光君の臨時の随身(ずいじん)として仕えた右近将監(うこんのぞう)の蔵人(くろうど)がいる。彼は、得られるはずだった五位の位も得られないまま時期が過ぎてしまい、とうとう殿上人(てんじょうびと)から除籍させられ、官職も剝奪されてしまった。世間体も悪いというので須磨(すま)にお供することになったのである。賀茂の下(しも)の御社(みやしろ)を遠くからそれと見渡せるところで、ふと御禊の日を思い出し、馬を降りて光君の馬の轡(くつわ)をとり、詠む。

ひき連れて葵(あふひ)かざししそのかみを思へばつらし賀茂のみづがき

(お供として葵(あおい)をかざしてお参りした御禊の日を思い出しますと、賀茂の祭神のご加護もなかったのかと恨めしく思えます)

本当にどんな思いでいることだろう、だれよりも意気揚々と振る舞っていたのだから……と光君は思い、同情を寄せる。光君も馬を降りて、御社のほうを拝んだ。神に暇乞(いとまご)いをするのである。

憂(う)き世をば今ぞ別るるとどまらむ名をばただすの神にまかせて

(このつらい世と今別れます。残る噂については、正邪をあきらかになさるという糺(ただす)の森の神におまかせして)

光君が詠むその姿を見て、右近は感激しやすい若者なので、深く身に染みて立派なお方だと感じ入る。

御稜(みささぎ)に参拝すると、桐壺院の生前の姿が、今目にしているようにありありと思い出される。至高の存在であった帝でも、亡くなってしまったら、もう頼ることはできないのである。光君は墓に向かい、あらゆることを泣きながら訴えるが、姿なき院の答えを受け取ることはできないのだから、あれほどお心をこめてお考えになり、お残しになってくださった御遺言はどこに消えてしまったのだろう……と虚しくなる。墓は、道の草が生い茂り、分け入っていけばいくほど露に濡れ、涙もあふれてくる。折しも月は雲に隠れ、森の木立は深く暗く、おそろしくさみしい。御陵から帰る道もわからないほど悲しみに暮れ、光君が拝んでいると、桐壺院の幻がまるで生きているかのようにはっきりとあらわれ、すっと寒気がする。

亡きかげやいかが見るらむよそへつつながむる月も雲隠れぬる

（亡き父院は今の私をどんなふうにご覧になっていらっしゃるだろう。父院と思って眺める月も、雲に隠れてしまった）

夜がすっかり明けてしまう頃、光君は二条院に帰り着き、東宮に手紙を書いた。藤壺の宮は出家した自分の代わりに王命婦を東宮に付き添わせているので、その命婦の部屋宛てに、

「いよいよ今日都を離れます。もう一度参上できないまま旅立つことが、数多あるつらさの中でもいちばんつらい。何ごともご推察の上東宮に啓上してください。

いつかまた春の都の花を見む時うしなへる山賤にして

(いつかまた春の都の花を見ることができるでしょうか、時運に見放された山賤の身で)」

桜の花のとうに散った枝に歌を結んである。「しかじかでございます」と、王命婦は東宮にそれを見せると、子ども心にも真剣な様子で読んでいる。「お返事はどのようにお書きいたしましょうか」と訊くと、

「しばらく会わなくても恋しいのに、遠くに行かれたらどんなにか……と伝えて」と東宮は答える。

その幼い返事に、王命婦は心を痛める。光君がどうにも仕方のない恋に悩まされていた昔のこと、あの時この時の様子が次々と思い出される。光君自身も藤壺の宮も、なんの苦労もなく過ごせる身の上なのに、みずから進んで苦しみを引き受けたかと思うと、二人の仲立ちをした自分の心掛けひとつでそうなってしまったようで、王命婦は深い後悔を覚えるのだった。

「とても申し上げる言葉がございません。東宮にはお伝え申し上げました。東宮が心細げにしていらっしゃる様子がたいへんお気の毒でございます」と王命婦は返事をするが、とりとめもなく書いてあるのは、悲しみに心を乱されているせいだろう。

「咲きてとく散るは憂(う)けれどゆく春は花の都を立ち帰(かへ)り見よ
（桜が咲いたと思うとすぐに散るのは悲しいことですが、過ぎても春はまためぐってきます、どうぞまたお帰りになって花咲く都をご覧になってください）
時節がめぐりきましたならば」

と返事をしたための後も、王命婦はほかの女房たちとしみじみと思い出話をして、邸内の人々はひとり残らず忍び泣いた。光君を一度でも目にしたことのある人ならば、こうして気弱になっている光君を見て嘆き悲しまない者はいない。まして常に邸に仕えていた者は、光君がその存在を知るはずもない下女や御厠人(みかわやうど)までも、世にもまれなほど手厚い恩顧を受けていたので、しばらくでも光君が不在の日々を過ごさねばならないのかと、深く嘆いている。

世間の人々も、光君の不遇をだれひとりとしていい加減に思うことはできない。七歳の時からこのかた、帝の御前に昼夜控えて、光君の口にすることで実現しないことはなかったから、その恩恵にあずからなかった者はおらず、その恩顧に感謝しない者もまたいないのである。貴い身分の公卿(くぎよう)や弁官の中にもそういう人は多い。それより下の身分の者となると数え切れないほどである。しかしみな、恩義を知らないわけではないけれど、実際、光君に味方をすれば手ひどい仕打ちを受けるだろう厳しい世の中に気兼ねして、近づけないのである。天下をあげて無念を嘆き、陰では朝廷を批判して恨んでいるが、我が身を犠牲にしてお見舞いに参上したところで何になろうと思うのか、訪れる者もいない。こんなふうに世間から見離された自分がみじめでもあり、またその変わりようが恨めしく思える人も多く、世の中とはなんとあじけないものかと光君は何ごとにつけても思うのである。

須磨に向けて発つ当日は、紫の女君とゆっくりと話をし、旅立ちの常として夜更けてから出発する。狩衣など、粗末な旅の装束を身につけた光君は言う。

「月が出てきた。もう少し端に出て、せめて見送りだけでもしてくださいな。これからは、話したいことが山ほどあるのに、とどれほど思うことだろう。一日二日、たまにあなたと離れていてさえ、どうにも気が晴れなかったというのに」と、御簾を巻き上げ、女君を端に招く。泣き沈んでいた女君は涙をこらえ、いざり出てくる。その姿が月の光に映えて、はっとするほどうつくしい。自分がこうしてはかないこの世を去ってしまったら、この人はどんなふうに寄る辺なく落ちぶれていってしまうのだろうと思うと気掛かりで不憫に思うが、深く思い詰めている女君をいっそう悲しませてはいけないと、

「生ける世の別れを知らで契りつつ命を人に限りけるかな
（生き別れることがあるなどとは思いもせず、命のある限りは別れまいとあなたに幾度も約束しましたね）
頼りない約束だった」と光君は口にする。
「惜しからぬ命にかへて目の前の別れをしばしとどめてしがな
（もはや少しも惜しくないこの命にかえて、今この別れを、ほんの少しでも引き止めておきたい）」
女君は応える。いかにも、そう思わずにはいられないだろうと、このまま見捨てていくのは本当に心苦しいけれど、夜が明けてしまっては世間体も悪いと思い、光君は急いで出ていった。
道中、女君がありありと目に浮かんで忘れられず、胸ふさがれる思いのまま、船に乗りこんだ。日の長い頃なので、追い風のせいもあり、まだ申の刻（午後四時頃）なのに須磨の浦に着いてしまう。近くへの外出でも、こうした船旅をしたことのない光君は、心細さも、また、興味深さもひとしおである。大江殿と呼ばれているところはひどく荒れていて、昔と変わらない松ばかりが残っている。昔、国の政に尽くしたのに讒言を受けて追放され、絶望して入水自殺した楚の屈原のことを思う。

唐国に名を残しける人よりもゆくへ知られぬ家居をやせむ
（唐の国でその名を後世に残した人よりも、私はもっと行方も知れない侘び住まいをするのだろうか）
渚に打ち寄せる波が寄せては返すのを見て、「うらやましくも」とつぶやいている。「いとどしく過ぎ行く方の恋しきにうらやましくもかへる波かな（伊勢物語／いっそう遠く過ぎた京が恋しい時に、寄せては返す波がうらやましい）」とは、世間では言い古された歌ではあるけれど、お供の者たちには耳新しく聞こえ、ひたすら悲しい気持ちになる。光君がふり返ってみると、過ぎた山々ははるかに霞み、「三千里外遠行の人」と詠じた詩人の気持ちも理解したように思え、櫂の雫のように流れる涙をこらえることもできない。
故里を峰の霞は隔つれどながむる空はおなじ雲居か
（故郷を霞が隔てているけれど、私が悲しく眺めている空は、都の人も眺めているのと同じ空だろうか）
何もかもがつらく思えるのだった。
かつて、在原行平が「わくらばに問ふ人あらば須磨の浦に藻塩垂れつつわぶと答へよ（古今集／たまさかに私の安否を問う人がいたら、須磨の浦で、涙に暮れて侘び住まいをしていると答えてください）」と詠んだ、その家の近くに、光君の住まいはあった。海岸から少し入りこんでいて、ぞっとするほどさみしげな山中である。垣根のしつらいから何から、目にするものはなんでも珍しく感じられる。茅葺きの建物に、葦葺きの廊に似た建物が続く、都では見られない造りである。この場所にふさわしい趣の住まいで、こんな時でなければおもしろく思うこともできようにと、かつての、心のままの忍び歩きを思い出す。良清朝臣が今は側近の家司として、須磨周辺の荘園の役人を呼び出して、必要な用事を言いつけ、指示を出しているのも境遇の変化が思い知らされる。

短いあいだに手入れがなされ、じつに見映えのする風流な家となった。庭の遣水を深くし、木々も植え、いよいよこの地に落ち着くと考えてみるが、現実とは思えない。摂津の国守も、光君邸に親しく出入りする人であったから、表沙汰にならないようこっそりと心をこめてお仕えする。こうした旅住まいには似つかわしくないほど多くの人々が出入りするが、まともな相談相手になれそうな人がいるわけではないので、光君の気持ちは晴れず、どうやってこれからの月日を過ごそうかと不安に思う。

だんだんとものごとが落ち着いていくうちに、梅雨の季節となった。光君は京のことを思い出し、恋しく思う人も多く、悲しみに沈んでいた紫の女君、東宮のこと、無邪気に遊んでいた若君をはじめとして、いろいろな人を思い浮かべている。使者を京へと送った。紫の女君と藤壺の宮に宛てた手紙は、書き続けることができず涙に暮れてしまう。宮へは、

「松島のあまの苫屋もいかならむ須磨の浦人しほたるるころ

(松島の海士——尼のあなたはいかがお過ごしですか。須磨の浦で侘び住まいをする私は涙に濡れております)

いつとはいわずいつも嘆いておりますが、この頃はとくに、来し方行く先を思って悲しみに暮れ、涙川の水かさも増えております」

尚侍(朧月夜)の元には、いつものように女房の中納言への私信に見せかけ、その中に手紙を入れた。

「なすべきこともなく過ぎ去った過去を思い出しておりますと

こりずまの浦のみるめのゆかしきを塩焼く海士やいかが思はむ

(須磨の浦の海松藻をさがす私を塩焼く海士はどう思うだろう——性懲りもなくあなたに逢いたい私を人はどう思うだろう)」

多くの思いをこめて書き尽くした言葉の数々も、想像できるというものでしょう。

左大臣にも、若君の乳母である宰相の君にも、若君の世話にたいする心得を書いて送る。

京では、光君の手紙を受け取って心を乱す人が多かった。紫の女君は光君と別れた日から起き上がることもせず、尽きない悲しみにふさぎこんでいるので、女房たちもなぐさめるすべもなく、ただ不安な気持ちでいる。光君が使っていた数々の道具や、弾き鳴らしていた琴、脱ぎ捨てた着物から漂う香りにつけても、まるでもうこの世にいない人のように嘆き悲しんでいる。そんな嘆きようも不吉ではあるので、少納言は北山の僧都に祈禱をお願いした。僧都は二人のための祈禱をする。光君の無事の帰京、そして紫の女君がかくも嘆いている心を静め、悩みのない身の上になるように、不憫に思うままに祈るのだった。

女君は旅先の夜具を調えて須磨に送ることにした。縑（無地の平絹）の直衣や指貫などを見ていると、今までと様変わりしてしまったようでせつない。しかも「去らぬ鏡」と詠んだ光君の面影が、あの歌通りこの身から離れないけれども、やはり本人はいないのである。光君が出入りしていたあたりや、寄りかかっていた真木柱などを見ても、胸が張り裂けそうになる。何ごとにも分別がある、世慣れた年長者でさえこういう悲しみはつらいのだから、まして今までもっとも慣れ親しんで、光君が父母の代わりとなって育てた女君がこれほどまでに恋しく思うのも、当然のことである。死に別れてしまったのなら仕方のないこととして、次第に忘れていくこともあるだろう。けれど、須磨と聞けばそう遠くはないものの、いつまでと期限のある別れではないので、考えれば考えるほど悲しみは尽きないのである。

藤壺の宮にしても、東宮の将来を思ってひどく嘆いているのはいうまでもない。そして光君との宿縁の深さを思えば、どうして通りいっぺんの気持ちでいられようか。今までは、世間の噂などが気掛かりで、少しでもやさしい素振りを見せたら、それをだれかが咎めはしないだろうかとおそれて、光君の気持ちも多くの場合見て見ぬふりをし、無愛想な態度で接していたのである。しかしこれほどまでに情け容赦なく口さがない世の中なのに、自分たちのことは微塵も噂に上ることなくすますことができたのは、あのお方が一途な恋情に流されずに、一方では目立たないように心を隠していたからだと、今になってしみじみと恋しく思い出さずにはいられない。返事には心をこめて、

「最近はいっそう、

塩垂るることをやくにて松島に年ふる海士もなげきをぞつむ

（涙に濡れることを役目にして、松島に長く暮らす海士――尼の私も嘆きを重

ねております)」とある。

尚侍からの返事は、

「浦にたく海士だにつつむ恋なればくゆるけぶりよ行くかたぞなき

(浦に塩焼く海士だに——数多に隠す恋の火なのですから、胸にくすぶる思いは行き場もありません)

今さら言うまでもない数々のことは、とても書き尽くせません」

とあるだけの短い手紙で、中納言の君の返事に同封してある。中納言からの手紙には、尚侍がいかに悲しみ嘆いているかが綿々と書いてある。それを読み、尚侍がたまらなくいとしく思えるような節々に、光君はつい涙をこぼす。

紫の女君からの手紙は、光君がとくべつ心をこめてこまごまと書いた手紙の返事なので、胸に染みることが多かった。

「浦人のしほくむ袖にくらべ見よ波路へだつる夜の衣を

(浦人の塩を汲む袖のようだというあなたの涙で濡れた袖を、比べてみてください、波路を隔てて毎夜泣いている私の衣と)」

お見舞いにと送られた着物の色合いも、仕立て具合も、じつにうつくしい。紫の女君が何ごとにおいてもみごとな腕で、理想的な人になったことを思うと、今はよけいなことにあくせくすることもなく、ほかに通うところがあるわけでもなし、しっとりと落ち着いてともに暮らせたものを……と、ひどく残念に思える。夜も昼も女君の姿がちらついて、こらえきれないほど思い出してしまうので、やはりこっそり呼び寄せようかと考える。しかし考えなおし、どうしてそんなことができようか、こんなにつらい世の中なのだから、せめて前世の罪を償って軽くすることだけを考えようと、精進に励み、明けても暮れても勤めに精を出すのだった。

　左大臣家にいる若君について書かれた手紙には、ひどく悲しい気持ちになりながらも、いつかまた会える時も来るだろう、頼りになる方々がいるのだから、心配には及ぶまいと思うことができるのは、親子の道は男女のそれのように迷うことがないからでしょうか……。

　そうそう、須磨行きの騒動に紛れて書き忘れていたことがありました。

　あの伊勢の斎宮(さいぐう)へも使いを差し向けたのだった。六条御息所(ろくじょうのみやすどころ)からもわざわざお見舞いの使者が参上した。並大抵ではない胸の内が書きつけてあった。選ぶ言葉、筆遣いなど、だれよりもすぐれて優美で、教養の深さがうかがえる。

「やはり現実のこととは思えないようなお住まいの様子を伺いましても、いつまでも明けない夜の中、悪い夢を見ているのかと思います。けれどご帰京までにそれほど長い年月をお過ごしになることはないと推測いたします。罪深い私の身ばかりは、ふたたびお目にかかるのも遠い先のことでございましょう。

うきめかる伊勢をの海士(あま)を思ひやれ藻塩垂(もしほた)るてふ須磨の浦にて

（つらい日々を送っている伊勢の私を思いやってくださいね、涙を流していらっしゃるという須磨の浦で）

一事が万事、嘆かわしい世の中の様子も、結局はどうなっていくのでしょうか」

と、細かく書いてある。

「伊勢島(いせしま)や潮干(しほひ)の潟(かた)にあさりてもいふかひなきはわが身なりけり

（伊勢島の潮の引いた潟で貝をあさっても、なんの貝もないように、生きる甲斐もないのが私なのです）」

悲しみに浸りながら、御息所が筆を置いては書き、置いては書きした手紙は、白い唐紙(からがみ)四、五枚を巻紙に継いで、墨の濃淡がみごとである。

愛していた人だったのに、あの物(もの)の怪(け)のことで厭(いと)わしくなった自分の心得違いのせいで、御息所のほうでも愛想を尽かして別れていってしまったのだ。そう思うと、今さらながら申し訳ないことをしたとも思う。こういう折の手紙だけに身に染みて、御息所の使者までもなつかしく思え、二、三日引き止めて伊勢の話などをさせる。年も若く、たしなみもある斎宮の侍所の者だった。光君がこのような暮らし向きなので、こんな身分の者も自然と近づくことができ、ほのかに見える光君の様子や顔立ちに、なんと立派な方だろうかと彼も落涙するのだった。

御息所への返事であるが、どれほど心をこめたものか想像できましょう……。

「都を去らねばならない身の上だとわかっていましたら、いっそのことあなたをお慕いしてそちらに参ればよかったものを、などと考えています。することもなく、心細いものですから、

伊勢人の波の上漕ぐ小舟にもうきめは刈らで乗らましものを

(須磨で憂き目に遭うよりも、伊勢人が波の上を漕ぐ舟に乗ってしまえばよかったのにと思います)

海士がつむなげきのなかに塩垂れていつまで須磨の浦にながめむ

(私もまた悲しみの涙に暮れて、いつまで須磨の浦でもの思いを続けるのでしょう)

お目にかかれるのはいつなのかわからないのが、とてつもなく悲しく思えます」

などとある。こんなふうに、だれともこまやかな手紙のやりとりをするのだった。

花散里の邸からも、悲しみのままに書きためた女御と花散里の手紙が届く。そこに

彼女たちそれぞれの人柄が偲ばれるのも珍しい気がして、どちらの手紙もくり返し眺めては心をなぐさめているけれど、同時に、かえってもの思いの種となるようである。

　荒れまさる軒のしのぶをながめつつしげくも露のかかる袖かな

　（荒れていく軒の忍ぶ草を眺めて昔を偲んでおりますと、涙がしきりに袖を濡らします）

と返歌する。本当に、今は葎が生い茂るばかりで、ほかには頼る者もない暮らしをしているのだろうと思い、また、長雨で築地がところどころ壊れてしまったなどと耳にして、光君は二条院の家司に、荘園から人を集めて築地修理をするよう命じる。

　尚侍の君は、光君とのことが知られ参内停止の処分を受け、世間の笑いぐさとなってひどく落ちこんでいる。右大臣はじつにかわいがっている姫君なので、弘徽殿大后にも帝にも、お許しのほどを切に奏上した。確かに、帝の相手を務める女御や更衣とは立場が異なり、尚侍は公的な官職であるのだから、と帝は考えなおし、またあの光君との嫌な一件のせいで参内停止という厳しい処置となったのだが、光君が都を去った今となっては……と彼女を許し処分をといた。ふたたび参内することになっても、しかし尚侍は心に染みついてしまった光君のことを恋しく思い出さずにはいられない。

　七月になって尚侍は参内することとなった。帝は、尚侍へのとくべつな寵愛が今も失せることはなく、人の非難も気に留めず、以前のようにそばにずっと仕えさせ、時に恨み言を言い、かと思うと深く愛した。帝は姿かたちも顔立ちも優美でうつくしいけれど、やはり光君の思い出に満たされている尚侍の心は、畏れ多いというほかない。

管絃の遊びの折、

「あの人のいないのがひどくさみしいものだね。私以上にそう思う人がどんなに多いことだろう。何をしても光が消えたように思えるよ」と帝は言い、「故院のお考えになったこと、おっしゃったことに背いてしまった……。我が身の罪となりそうだ」と涙ぐむので、尚侍も涙をこらえることができない。

「世の中は、こうして生きていてもつまらないものだと思い知るばかりだもの、長くこの世に生きようなどと少しも思わない。もしそうなったらあなたはどう思うだろう。ほど近い須磨の別れほどには思ってくれないのだろうね、それがとてもくやしいよ。『恋ひ死なむのちは何せむ生ける日のためこそ人は見まくほしけれ（古今六帖／生きているこの世で、恋しい人とともに暮らさなければなんにもならない）』なんて、たいしたことのない人が詠んだ歌なのだろう」と、やさしい様子で、心から感じ入ったように帝が言うので、尚侍はほろほろと涙をこぼす。それを見て帝は「ほら、ごらん。だれのために泣いているの」と言う。

「今まで御子たちが生まれないことをさみしく思っていたんだ。東宮を、故院のおっしゃっていたようにと思ってはいるけれど、都合の悪いことがいろいろと起きそうなので、それもかわいそうだと思うし」

世の政を、帝の意向に背いて取り仕切ろうとする人々がいるので、まだ若くて強く出られない年頃の帝は、悩みが尽きないのである。

須磨には、いよいよもの思いを誘う秋風が吹きはじめた。海は少し遠いけれど、須磨に左遷された在原行平の中納言が「旅人は袂涼しくなりにけり関吹き越ゆる須磨の浦風（旅人は袂を涼しく感じるようになった、須磨の浦風が関を越えて吹くから）」と詠んだという、その風に荒れる波の音が、夜ごと夜ごとにとても近くで聞こえて、今までになく身に染みるのは、こういう場所の秋ならではであった。

仕える人数も少なく、みな寝静まっているところに、光君はひとり目を覚まし、枕から頭をもたげて周囲の激しい風に耳を澄ませた。今にも枕元まで波が押し寄せてきそうで、気づかないうちに枕が浮くほどにも涙を流している。琴を掻き鳴らしてみるが、我ながらさらにさみしくなって、弾くのをやめ、

恋ひわびて泣く音にまがふ浦波は思ふかたより風や吹くらむ

（恋しくて泣く声にも聞こえる浦波の音は、私を思う人たちのいる都から風が吹くからか）

と詠む。人々は目覚めて、なんとすばらしい歌だと思うそばから悲しみをこらえきれず、ごそごそと起き出しては、ひとりまたひとり、そっと洟をかんでいる。

まったく、この人たちはどんな思いでいることだろう、私ひとりのために親や兄弟といった、かたときも離れがたいはずの、それぞれだいじに思っている家族を捨ててさまよっているのだもの……と思うと、光君はたまらない気持ちになる。こんなふうに自分がくよくよ沈みこんでいたら家臣たちはなおのこと心細くなるだろうからと、昼のあいだは何かと軽口を言ってはみんなの気を紛らわせたり、退屈しのぎにさまざまな色の紙を継ぎ合わせてすさび書きをしたりしている。また、珍しい唐の綾織物にいろいろな絵を思いのままに描いた屏風も、じつにみごとで、見ごたえがある。かつてお付きの者たちが話していた海や山の景色を、今まではるかに想像していただけだったが、こうして目の当たりにして、これまで思いも及ばなかった磯の景色をまたとなく上手に描き写している。

「近頃の、名人だと評判の絵師、千枝や常則を呼んで、殿の墨絵に彩色を施させたいものだ」と、家臣たちは口々に残念がっている。光君のやさしく尊い振る舞いに、憂き世の悩みも忘れて、そばに仕えていられることをありがたく思い、常に控えている者が四、五人いる。

庭の植えこみでは種々の花が咲き乱れ、心地いい夕暮れ時、海の見晴らせる廊に出て佇んでいる光君の姿は、不吉なまでにうつくしく、場所が場所だけにこの世のものとは思えないほどだ。白い綾のやわらかな下着、薄い紫の指貫を着て、色濃い直衣に帯をしどけなく結び、「釈迦牟尼仏弟子何のなにがし」とまず名乗り、ゆっくりお経を読みはじめるが、その声もまたこの世で耳にしたことのないほどすばらしい。沖を漕ぎゆく船人たちの歌う船歌も聞こえてくる。船の影はかすかで、遠目には、ちいさな鳥が浮かんでいるように見えるのも心細く感じられるところへ、雁が列を作って鳴く声が、船の楫の音そっくりに響く。光君はそちらをぼんやりと眺めて、こぼれる涙を拭っている。その手が黒檀の数珠にうつくしく映えているのを見て、都の妻を思う家臣たちの心もすっかりなぐさめられる。

初雁は恋しき人のつらなれや旅の空飛ぶ声の悲しき

（初雁は恋しい人の仲間なのか、旅の空を渡っていく声も悲しい）

光君が詠むと、良清も続ける。

かきつらね昔のことぞ思ほゆる雁はその世の友ならねども

（次々と昔のことが思い出されます、雁は昔の友ではございませんけれども）

惟光、

心から常世を捨てて鳴く雁を雲のよそにも思ひけるかな

（みずから故郷を捨てて旅立っては鳴く雁を、今までは雲の彼方ほど遠いものと思っていました）

前の右近将監、

「常世出でて旅の空なるかりがねも列に遅れぬほどぞなぐさむ

（常世を出て旅の空を飛ぶ雁も、仲間とともにいるからなぐさめられているのですね）

友とはぐれたらどれほど心細いでしょう」と言う。親が常陸介になって任地に下ったのにも同行せず、光君のお供についてきた男である。内心では思い悩んでいるだろうに、うわべは陽気に振る舞って、なんでもないふうに日々過ごしている。

月がくっきりと輝いている。今宵は十五夜だと思い出し、殿上の間での管絃の遊びを恋しく思い、そしてまた、あちこちの女君がこの月を眺めているだろうと思って、光君は月の顔をじっと見つめる。「二千里の外、故人の心」と白楽天の詩を朗誦しはじめると、みないつものように涙をこらえることができなくなる。光君は、かつて藤壺の宮が「霧や隔つる」と詠んだ時のことを思い出し、いいようもなく恋しく、今まであったあれこれが胸にあふれて声を上げて泣いた。

「もう夜が更けましたよ」とお供の者が告げても、光君は部屋に入らない。

見るほどぞしばしなぐさむめぐりあはむ月の都は遥かなれども

（月を見ているあいだは心がなぐさめられる、ふたたび都に帰れる日ははるか先だろうけれど）

「九重に霧や隔つる雲の上の月をはるかに思ひやるかな」と藤壺の宮が詠んだのと同じ夜、心から打ち解けて昔の思い出話などをしてくれた朱雀帝が、亡き院に似ていたことも恋しく思い出されて、

「恩賜の御衣は今ここにあり」と吟じながら部屋に入った。道真公が醍醐天皇から御衣を賜ったことを詠んだ詩である。光君が帝から頂戴した御衣は、この詩の通り肌身離さず近くに置いてある。

憂しとのみひとへにものは思ほえでひだりみぎにもぬるる袖かな

（帝を思うと、ただつらい気持ちになるだけではない、なつかしさとつらさで、左右の袖が濡れるのです）

その頃、大弐（大宰府の次官）が上京してきた。たいそうな勢力で一族が多く、娘

がたくさんいて厄介なので、妻の一行は船で都に上ることとなった。浦から浦へと景色を遊覧しながら都を目指すのだが、須磨の浦はほかより風光明媚なので、心惹かれ、しかも源氏の大将もここで侘び住まいをしていると耳にして、無駄なことなのに、色気づいた若い娘たちは船の中にいてもそわそわと気もそぞろにとり澄ましている。まして、光君とかつてかかわりのあった五節の君が、このまま通りすぎるのも残念に思っているところに、琴の音が風にのってかすかに聞こえてくる。周囲の景色、光君の身分の高さ、琴の音の心細さなど、みな相まって、心ある者はみな泣いてしまうのだった。大弐は光君に便りを送った。

「こうしてはるか遠くから上京いたしましたのですから、まずはおそばに参上し、都のお話などを承りたいと思っておりましたが、思いもよらずここにいらっしゃるお住まいを素通りいたしますのは、もったいなくもあり、悲しいことでもございます。旧知の者で親しいだれ彼が迎えに出向いてきまして大勢おりますので、みなで押しかけますと窮屈だと存じますから、まことに残念ではございますがお伺いいたしかねます。またあらためて参上いたしましょう」

とある。大弐の息子である筑前守が使いとして参上する。この筑前守は、光君に目を掛けてもらって六位の蔵人になったので心から悲しんでいた。けれど人目も多いので、世間の目を憚って長居をすることもできない。

「都を離れてから、昔親しかった人たちと会うことも難しくなるばかりなのに、こうしてわざわざ立ち寄ってくれたとは……」と、光君は言う。大弐への返事にもそのように書いてある。筑前守は泣きながら船に戻り、光君の暮らしぶりを伝えると、大弐をはじめとして迎えにきている人々も、縁起でもないくらい泣き声を上げる。五節の君は、なんとか工夫して別に使者を送った。

「琴の音にひきとめらるる綱手縄たゆたふ心君知るらめや

（琴の音に引き止められている私の、綱手縄のようにたゆたう心をあなたはご存じでしょうか）

こちらからお便りを差し上げる浮ついた心を、どうかお咎めにならないでください」

とある。それをほほえんで眺めている光君は気圧されるほどのうつくしさである。

「心ありて引き手の綱のたゆたはばうち過ぎましや須磨の浦波

（私のことを思って本当に心が綱のように揺れているのならば、このまま通りすぎてしまえますか、須磨の浦波を）

都を離れて海士の縄で漁をするとは思いもしませんでした」

昔、大宰府に左遷された道真公が、明石(あかし)の駅(うまや)で、別れを悲しむ駅の長(おさ)に詩を詠み与えたというが、まして光君からみごとな返事をもらった五節の君はひとりここに残ってしまいたいと思うのだった。

都では、月日がたつほど、帝をはじめとして光君を恋しがることが多くなっていた。まして東宮は、いつもいつも光君を思い出してはそっと泣いている。それを見ている乳母(めのと)をはじめ、とくに王命婦(おうみょうぶ)の君はなおさらたまらない気持ちになるのだった。藤壺の宮は、東宮のことで何か不吉な事態が起きるのではないかと案じてばかりいたところへ、光君も流浪の身となってしまったことをいたく嘆き悲しんでいる。光君の兄弟の親王(みこ)たち、親しく交際のあった上達部(かんだちめ)などは、はじめの頃は光君によく手紙を送っていた。心を打つ漢詩を作って送り合っていたのだが、そんなことでも光君は世間の賞賛を浴びてしまうので、それを耳にした弘徽殿大后(こきでんのおおきさき)は厳しく言うのだった。

「朝廷から罰された者は、気ままに毎日の食事を味わうこともできないものなのに。風流な家に住んで世の中を悪く言って……。それをまた、鹿を馬だと言った者のように、ご機嫌をとろうとする者がいる」

そんな悪い噂も広まって、みなかかわり合うのは面倒だとばかりに、光君に便りをする者もまったくいなくなってしまう。

二条院の（紫の）女君は、時がたつにつれて、嘆く心をなぐさめることもできなくなった。光君に仕えていた女房たちも、みな西の対に移ってきたはじめの頃は、女君をそれほどのお方でもあるまいと思っていた。けれどそばに仕え続けるうちに、女君がやさしくてうつくしいばかりでなく、暮らし向きのことへのこまかい心配りも行き届いていて、慈愛に満ちているので、暇をもらって出ていく者もいない。身分のある女房たちの前には女君も姿を見せることがあった。その女房たちは、大勢の女君の中でも、光君がとりわけ紫の女君に深い愛情を抱いているのももっともなことだと思うのだった。

須磨での暮らしが長くなるにつれて、光君はとてもひとりではたえられないと思うのだが、自分でも信じられない運命だと思うほかないこの住まいに、どうして女君を呼び寄せることができよう、いかにもそぐわないではないかと考えなおす。鄙びた土地では何ごとも都とは様子が違い、下々の者の暮らしを身近に見聞きするのもはじめてなので、心外に思ったり、我ながらきまり悪く感じたりもする。煙が時々すぐ近くまで漂ってくるのを、これが海士の塩焼く煙だろうとずっと思っていたのだが、じつは住まいの後ろの山で柴というものを煙らせているのだった。珍しく思い、

山がつのいほりに焚けるしばしばもこととひこなむ恋ふる里人

（山賤の小屋で焚く柴ではないけれど、しばしば便りを寄越してほしいものだ、
　恋しい故郷の人々よ）

などと詠む。

冬になり、雪が降り荒れる頃、空の様子もひどく荒涼としているのを心細く眺め、光君は琴を心まかせに弾き、良清にうたわせ、それに惟光が横笛を吹いて合奏となる。心をこめて情趣深い曲を光君が弾くと、二人は楽器も歌もやめ、揃って涙を拭う。昔、匈奴に求められ、その美貌を知らずに王昭君を差し出した漢の帝のことを思う。女を異郷に送り出す間際に会い、そのうつくしさを知った時の帝の心中はどうだったろうと光君は考える。今、愛する紫の女君をそんなふうに遠くに行かせてしまったら、などと考えると、実際に起きることのように不吉な気がして、「霜の後の夢」と王昭君をうたった詩の一節を吟じる。月は明るく射しこみ、かりそめの住まいの御座所は奥までくまなく照らし出される。夜更けの空が床の上にある。入りかけた月影がものさみしく見えて、大宰府で道真公が月を見て「ただこれ西に行くなり、左遷にあらず」と詠じた詩句を口ずさみ、

　いづかたの雲路にわれもまよひなむ月の見るらむこともはづかし

（この先私はどの雲路にさすらっていくのだろう、まっすぐ西に向かう月がそ

んな私を見ていると思うと、恥ずかしくなる）

いつものように眠れないまま暁を迎える空に、千鳥が哀愁を誘うように鳴いている。

友千鳥諸声に鳴く暁はひとり寝覚の床もたのもし

（群れなす千鳥が声を合わせて鳴いているのを聞くと、明け方の床でひとり目を覚ましていても心強く思える）

起きてともに唱和してくれる人もいないので、光君はひとりくり返し口ずさんで横になる。まだ夜が明けないうちに起きて手を洗い浄め、念仏を唱えている光君の姿は、立派である上に尊く、人々はとても見限ることができず、短いあいだでも京の自宅に帰ろうとする者はいないのだった。

明石の浦は気軽に歩いていけるところなので、良清は、いつか話した入道の娘を思い出し、手紙を送ってみたが返信はない。父親の入道からは、「申し上げたいことがございます。ほんのちょっとお目に掛かりたいのです」と言ってきたけれど、良清は「娘のことではこちらの申し出を断るのだろうから、わざわざ出向いていって、虚しく帰ってくる後ろ姿も間が抜けて見えるだろう」と気が引けて、出かけていかなかった。

入道は娘にたいし、世に比類ないほど高い望みを持っている。国の中では、人々は国守一族だけを畏れ多く思っているが、変わり者の入道は国守など歯牙にもかけず長い月日を過ごしてきた。そこへ、かの光君が近くに滞在していると耳にして、母君に話を持ちかけた。

「桐壺更衣がお産みになった源氏の光君が、朝廷のお咎めを受けて須磨の浦にいらっしゃるそうだ。我が娘の宿縁で、こんなに思いがけないことになったのだ。なんとかしてこの機を逃さず、娘を光君に縁づかせよう」

「まあ、なんてことを。京の人が話しているのを聞きますと、光君さまは尊い身分の奥方さまを大勢お持ちになって、それでも満足せずに、こっそりと帝の御妻とまで過ちを犯されたというではありませんか。こうも世間で騒がれているお方が、どうしてこんな山奥の田舎者にお心をお留めになったりなさるでしょうか」と、母君は言う。

これを聞いて入道は腹を立て、

「あなたにはわからないだろう。私には私の考えがある。そのつもりでいなさい。機会を作ってここにお出で願うのだ」と得意になって言うのも、いかにも頑固な変わり者のようだ。家の中をまぶしいほどに飾り立てて、娘をだいじにしているのである。

「どんなにご立派な方であっても、娘の最初の縁組に、どうして罪に問われて流されてきた人をお相手にと思うでしょう。それでもあちらがお心を留めてくださるならまだしも、冗談でもそんなことはあり得ません」と母君が言うと、入道はぶつぶつと文句を言っている。

「罪に問われるということは、唐土でも我が朝廷でも、こうして世にすぐれていて、何においても抜きん出た人にはかならず起こることだ。いったいどういうお方だと思っているのか。光君の亡き母の桐壺更衣は、私の叔父である按察大納言の御娘なのだ。じつにすぐれた女性で、宮仕えに出されたところ、帝にそれはとくべつな寵愛を受けた。それほどの寵愛を受ける者はほかにいなかったから、人からひどい妬みを受けて亡くなってしまったが、光君がこの世に残っておられるのは本当にすばらしいことなのだぞ。女は望みを高く持つべきだ。私がいくら田舎者であろうと、光君は我が娘をお見捨てにはなるまいよ」

この娘はすぐれた容姿ではないけれど、人をほっとさせるような魅力と気品を備えていて、たしなみの深い様子は、確かに高貴な身分の人に勝るとも劣らない。娘は自身のしがない身の程をわきまえていて、身分の高い人は自分ごときを人の数にも数えまい、かといって、身の程に合った結婚などはぜったいにするまい、もし生きながらえて親たちに先立たれたら、尼にでもなろう、海の底に沈みもしよう、と考えているのだった。父親の入道は大げさなほどこの娘にかしずいて、年に二度、住吉神社に参詣させている。内心では神の霊験を頼りにしていたのである。

須磨では、新年になり春を迎えた。日も長くなり、することもなく、昨年植えた若木の桜がちらほらと咲きはじめ、空ものどかに晴れているので、光君は今までのさまざまなことを思い出して落涙することが多くなった。二月二十日過ぎのこと、昨年都を離れた時に心苦しく別れた人たちのことがひどく恋しくなり、南殿の桜も今は盛りだろうと思う。ずっと前、花の宴の時の故桐壺院の様子や、当時東宮だった若々しく優美な朱雀帝が、自分の作った詩句を吟じたことも光君は思い出す。

いつとなく大宮人の恋しきに桜かざしし今日も来にけり

（いつだって宮中の人々が恋しいのに、かつて桜を挿してたのしんだ春の日が、今日もまためぐってきた）

光君が所在なく過ごしているところへ左大臣家の三位中将（頭中将）が須磨を訪ねてきた。今は宰相となり、また人柄もすばらしいので、世間からの人望も篤いのだが、世の中がつくづくあじけないものに思えてきて、何かあるごとに光君を恋しく思い出していた。もし噂になって罪をこうむったとしてもかまいやしない、と決意してやってきたのである。光君をひと目見て、久方ぶりのうれしさに、よろこびもつらさも同じひとつの涙となってこぼれる。

中将には、光君の住まいは非常に唐風に思えた。絵に描いたような景色の中、竹を編んだ垣を張りめぐらせ、石の階段、松の柱など、粗末ではあるが目新しく趣向が凝らしてある。光君は黄色がかった薄紅の袿に、青鈍色の狩衣、指貫といった、わざと質素な田舎風の身なりをしているが、それがかえって光君のうつくしさを引き出して、見るからにほほえまずにはいられないほど麗しい。日々使っている道具類も間に合わせに用意したもので、御座所の中も外からすっかり見えてしまう。碁、双六の盤、調度品、石はじきの道具など、みな田舎風にこしらえてある。数珠や花立といった念仏の道具があるのは、熱心に修行をしているからだろう。食事も、ことさら場所柄に合わせて珍しい感じに盛りつけてある。漁に出た海士たちが貝類を持ってきたと聞き、光君は彼らを呼んでみることにした。浦で長い年月暮らしている様子を、お供の者を通じて訊いてみると、彼らはいろいろと苦労の多い身のつらさを嘆く。よく聞き取れないことをとりとめもなく話すのを聞くうち、自分たちの心の中の思いは同じ、なんの違いがあろうかと思えてきて、光君は彼らに同情するのだった。光君から衣裳を贈られた海士たちは生きている甲斐があったとよろこんでいる。馬を近くに何頭も並べたてて、倉のようなところに入っている稲を取り出して食べさせているのを、中将は珍しく思って眺めた。催馬楽の歌を「飛鳥井に　宿りはすべし」とうたい出し、別れて以来の幾月をそれぞれ話し、二人は泣き合い笑い合う。左大臣家に残してきた若君が、世の中の有様をなんとも思っていない様子なのが悲しいと左大臣が明けても暮れても嘆いていると話すと、光君はたえがたい気持ちになる。二人の話は尽きることなく、なまじその一端をここに伝えることもどうかと思うので……。

夜通し眠ることなく、漢詩を作り合って夜を明かす。そうはいってもやはり世間の噂を気にして、中将は急いで帰ろうとする。かえってさみしさが深まったようである。盃を手に、「酔ひの悲しび涙そそく春の盃のうち」と声を合わせて吟ずる。白楽天が親友と久しぶりに会って別れた時の思いをうたった詩の一節である。お供の者たちも涙を流す。みなそれぞれ、あっという間の別れを惜しんでいるかのようだ。明け方の空に雁が群れて飛んでいく。主人である光君、

故里をいづれの春か行きて見むうらやましきは帰るかりがね

（いつの春になれば故郷に帰って見ることができるのだろう、うらやましいのは帰っていく雁だ）

中将はとても帰る気持ちにはなれず、

あかなくにかりの常世を立ち別れ花の都に道やまどはむ
（故郷の常世を去る雁のように心を残したままあなたのこの仮住まいから立ち
別れていけば、花の都に帰る道にも迷うことでしょう）

中将からの都の土産の数々は、みな奥ゆかしい趣がある。主人の光君はこんなにありがたい贈り物へのお返しとして、黒馬を贈る。「胡馬（北方の馬）は北風に故郷を思う」という詩に掛けて、

「咎めを受けている私からの贈り物など、不吉に思うかもしれないけれど、北風が吹けばいななないて故郷を目指すだろうから」と光君は言う。めったにいないような立派な馬である。

「これを形身に私を思い出してください」と、中将は世間に名の知れたみごとな笛を贈ったぐらいで、人目に立つようなことは互いに遠慮した。

だんだん日が高くなり、気ぜわしく帰っていく中将は立ち去りがたく幾度も振り返る。それを見送る光君の表情は、かえって会わないほうがよかったと思うほど悲しそうである。別れ際、

「いつまた会うことができるのだろう。いくらなんでも、このままでは……」と中将が言うと、

「雲近く飛びかふ鶴もそらに見よわれは春日のくもりなき身ぞ
（雲に近く飛ぶ鶴も空にあって――あなたも宮中にあって、見ていておくれ、私は春の日のように曇りない潔白な身だ）

一方ではそう期待しているけれど、こうした身の上になった者は、昔の賢人でもしっかり元通り社会に復帰することは難しかったのだから、どうだろう、都の地をもう一度見ようとは思っていないよ」と光君は言う。

「たつかなき雲居にひとりねをぞなくつばさ並べし友を恋ひつつ
（鶴は心細い雲居で――私は心細い宮中で、ひとり声を上げて泣いている。つばさを並べた友を恋しく思いながら）

ありがたくもずっといっしょだったから、今は、なぜこんなに親しくなってしまったのかと悔やむことも増えた」と、しんみりと話す間もなく中将は帰っていき、光君はふたたび深い悲しみに包まれて暮らすのだった。

水辺で禊ぎをし、心身の穢れを祓う巳の日が、この年は三月一日にめぐってきた。

「今日という日こそ、心に悩みがおありの方は禊ぎをなさるのがよろしい」と、中途半端なもの知りが言うので、海辺の景色も見たいと思っていた光君は出かけることにした。

かんたんに絹の幕を張りめぐらせて、この国に通っている陰陽師を呼び、御祓をさせる。罪や穢れを移した等身大の人形を乗せ、船を流す。光君はその人形に我が身を重ねて見ずにはいられない。

知らざりし大海の原に流れ来てひとかたにやはものは悲しき

（人形のように見も知らぬ大海原に流れてきて、ひとかたならぬ悲しみを抱えているよ）

と、座っている姿は、こうした晴れ晴れした場所で言葉にはできないほど神々しい。海はうららかに凪ぎわたっている。どこまでも果てのない景色の中、光君は過去のこと未来のことを考え続け、

八百よろづ神もあはれと思ふらむ犯せる罪のそれとなければ

（八百万の神々も私をあわれんでくださるだろう、なんの罪も犯してはいないのだから）

とつぶやくと、いきなり風が吹きはじめ、空も真っ暗になった。御祓も終わっていないが、人々は立ち騒いでいる。肘笠雨とかいうにわか雨が降ってきて、落ち着いていられず、みな帰ろうとするが笠を出す暇もない。そんな気配は微塵もなかったのに、

何もかも吹き散らし、見たこともないほどの暴風である。波が荒々しく迫ってきて、人々は足も地に着かないほどあわてている。海面は絹衾（掛布団）を広げたように一面に光り、雷が鳴り響き稲妻が走る。今にも雷が落ちてきそうななか、一行はやっとのことで光君の住まいまでたどり着く。

「こんな目に遭ったのははじめてだ」「強風は吹くといっても、何かしら前兆があってから吹くものなのに」「信じられない、こんなのははじめてだ」と動顛して言い合っているあいだも、雷は轟きわたり、雨脚は、当たるところを貫き通す勢いでばらばらと降っている。このまま世は滅びてしまうのではないかと人々が心細く思っている中、光君はひとり落ち着きはらって経を唱えている。日暮れ時になると雷は少しやんだが、風は夜になっても吹き荒れている。

「たくさん立てた願のおかげだろう」「もうしばらくあのままの天候だったら、引き波にのまれてしまっただろうね」「津波というものに、あっという間に人はのまれてしまうと聞いていたけれど、まったくこんなことははじめてだ」と、人々は言い合うのだった。

明け方近くなってみな寝入った。光君も少しうつらうつらとしたところ、正体のわからない姿をした者があらわれた。「どうして宮中からお呼びがあるのに参上しないのか」と、光君をさがすようにして歩きまわっている。そこではっと目が覚めた。さては、うつくしいものをこよなく愛するという海の中の龍王に目を付けられたのだろうか、と思うとにわかにぞっとして、この鄙(ひな)びた住まいがたえがたいものに思えるのだった。

明石（あかし）

明石の女君、身分違いの恋

父入道の願いも叶い、ようやく恋は成就したのに、
身重の女君を残して、光君は都へ呼び戻されたということです。

＊登場人物系図
△は故人

△大臣
明石の入道
北の方
明石の君
兵部卿宮
紫の上（紫の女君）
藤壺中宮
東宮
△桐壺院
源氏（光君）
太政大臣（右大臣）
弘徽殿大后
朱雀帝
右大臣
承香殿女御
男皇子

雨風はやむことなく、雷もいっこうに鳴りやまないまま、幾日もたった。心細くなるようなことが次々と続き、今までもこれからもつらいことばかりで、光君（ひかるきみ）は心を強く持つこともうできそうもない。いったいどうしたらいいのか、とはいえ今都に帰っても、まだ世間に許されない身の上なのだから、ますます人に笑われるようなことになるだろう、かくなる上はここよりずっと深い山に分け入って姿を消してしまおうか……、いや、波風の騒ぎをこわがって、などともし噂（うわさ）にでもなったら……。と、思い悩む。夢にも、以前に見たのとまったく同じ、正体のわからない姿の者がくり返しあらわれてはつきまとう。雲の晴れ間がないまま日がたつにつれ、都の様子もますます気に掛かり、こうして放り出されたまま死んでしまうのかと不安になるが、頭を出すこともできないほどの雨風の中、都からやってくる人もいない。

二条院から、人の目もかまわないようなひどい恰好（かっこう）で使者が参上した。道ですれ違っても、人かそうでないか見分けられず、まず追い払ってしまいそうな下人であるが、光君にはなつかしく、心からうれしく思う。そしてこんな下人に感激している自分が哀れで、すっかり弱気になっていることを思い知らされる。

紫の女君からの手紙には、

「おそろしいほどやむことなく降り続くこの頃の空模様に、悲しみに暮れる私の心ばかりか、空までも閉じふさがってしまいそうな気がして、そちらを眺めることもできません。

浦風やいかに吹くらむ思ひやる袖うち濡らし波間なきころ

（そちらの浦風はどんなに激しく吹いているでしょう、遠くはるかに案じている私の涙で袖の乾く間もないこの頃は）」

しみじみと悲しいことがたくさん書かれている。手紙を開くなり、いっそう涙も増し、心が乱れて胸ふさがる思いである。

「都でも、この雨風はまことに奇っ怪な何かのお告げだということで、仁王会などが行われるという噂でございます。参内なさるはずの上達部の方々も、どこも道がふさがっておりますから、政も途絶えております」と、使者はもごもごと自分のわかることだけを話すのだが、都のことだと思うと様子を知りたくなって、使者を近くに呼び出していろいろ訊いた。

「ただずっと雨がやむことなく降り続いておりまして、ときどき風も吹くという状態でもう何日にもなりますから、ふつうのことではないと驚いております。それにしましてもこちらのように、地の底まで貫きそうな雹が降ったり、雷が鳴り続いているようなことはございません」と言う使者の、この天候に驚き、おびえきっている顔つきを見て、光君の不安はいや増す。

　このまま世界は滅びてしまうのではないかと思っていると、翌日の明け方から、さらに風はひどく吹き荒れ、高波が打ち上がり、波の音の荒々しさは、巨岩も山も打ち砕いて押し流しそうなほどである。稲妻が光る様子はさらに言いようもなく、今にも頭上に落ちてきそうで、だれひとりとして生きた心地がしない。

「私はいったいどんな罪を犯してこんなひどい目に遭っているのだろう。両親にも会えず、いとしい妻と子の顔も見ずに死なねばならないとは」と、みな嘆いている。

　光君は心を静めて、どれほどの過ちを犯したからといってこの海で命果てることがあろうか、と気を強くするが、あまりにもみながおそれ騒いでいるので、さまざまな色の幣帛を供え、

「住吉神社の神よ、あなたはこのあたり一帯を守っておられます。もし真実、鎮護の

ためにあらわれた神でいらっしゃるなら、どうぞ助けてください」と祈り、多くの大願を立てる。お供の者はそれぞれ、自分の命はともかく、かくも尊い光君が、かつてないような悲運の最中に命を落としてしまいそうなことが悲しくてたまらず、心を奮い起こし、少しでも気の確かな者はみな、我が身にかえてもこのお方を救うのだと、声を上げていっせいに仏神に祈るのだった。

「君は帝王の奥深い宮にお生まれになって、数々のたのしみに贅を尽くされましたが、慈しみの心深く、そのご慈愛は日本国じゅうにゆきわたり、悲境に沈む者を多く救ってくださいました。今、なんの報いでこのような波風にお溺れになるのでしょうか。天地の神々よ、どうか教えてください。罪なく罪を問われ、官位を奪われ、家を離れ、都を去って、朝に夜に安らぐことなくお嘆きでいらっしゃるのに、このようなひどい目に遭い、お命も尽きようとしておりますのは、前世の報いかこの世の罪か、神仏が正しくご覧になって、どうかこの憂いを取り去ってください」

と、住吉神社の方に向かって多くの願を立てる。また、海に棲(す)む龍王や、八百万(やおよろず)の神々にも願を立てると、雷はいよいよ激しく鳴り響き、光君のいる寝殿に続く廊(ろう)に落ちた。炎が燃え上がって廊が焼けた。居合わせた者はみな動顛(どうてん)し、あわてふためいている。後方の台所とおぼしき建物に光君を移し、身分の上下なく人々はみなそこに入りこんだ。ひどく騒がしく、泣き叫ぶ声は雷にも負けないほどである。空は墨をすったような色合いで、日も暮れる。

ようやく風はおさまり、雨脚も落ち着き、星の光も見えてくると、この台所はいつもの寝殿とあまりにも様子が違い、畏れ多いので、光君を寝殿に移すことにする。けれど焼け残った廊はいかにも薄気味悪く、大勢の人が踏みならしてうろうろしているし、御簾もみな風に吹き飛んでしまっている。やはりここで夜を明かしてから寝殿にお戻し申そう、などとみなで思案している。そんな中、光君は念仏を唱えながらあれこれ考えてみるが、気持ちがまるで落ち着かない。月が上り、波がすぐ近くまで打ち寄せてきた跡もありありと見え、その名残の荒々しい波が寄せては返すのを、垣根の戸を開けて光君は眺める。この近辺には、ものごとの本質を見据え、過去にも未来にも通じ、これこれこうで……とこの天変の意味を解き明かせる人もいない。見苦しい海士たちが、尊い身分のお方がいらっしゃるところだと言って集まってきて、光君が耳にしても意味のわからないことをしゃべり合っているのも異様であるが、だれも彼らを追い払うことをしない。

「この風がもうしばらくやまなかったら高波が襲ってきて、何も残さずさらっていったただろう。神のご加護は並大抵ではなかったのだ」とお供の者たちが言い合っているのを聞いても、光君はいっそう心細くなるのだった。

海にます神の助けにかからずは潮の八百会にさすらへなまし

（海に鎮座しますます神が助けてくださらなかったら、潮路が八重に集まる沖に漂っていたことだろう）

一日中激しく荒れ狂った雷の騒ぎで、気こそ張っていたが光君はひどく疲れていて、いつのまにかうとうととする。ひどい有様の仮の御座所なので、ものに寄りかかって寝ていると、故桐壺院が生前そのままの姿で夢枕に立った。

「どうしてこのようなむさ苦しいところにいるのか」と、光君の手を取って立たせる。「住吉の神の導いてくださるがままに、早く船を出してこの浦を立ち去りなさい」

光君はひどくうれしくて、「畏れ多い御父上のお姿にお別れして以来、いろいろ悲しいことばかりが多くて、今はいっそこの渚に身を捨ててしまいたく存じます」と言うと、

「とんでもないことだ」と院は言うのである。「これは、ほんのちょっとしたことの報いなのだ。私は帝の位にあった時、これといって過ちはなかったが、知らず知らずのうちに犯した罪があった。その罪を償うまでのあいだは暇もなくて、この世を顧みることもできなかった。だが、あなたがたいへん困難なことになっているのを見て、

こらえることができず、海を渡り、浜辺に上がり、はるばるここまでやってきてひどく疲れてしまった。けれどこの機会に、帝（朱雀帝）に奏上しなければならないことがあるから、急いで京へ行く」そう言って院は立ち去ろうとする。

別れが名残惜しく、悲しい気持ちでいっぱいになり、「ごいっしょに参ります」と光君は泣きじゃくり、ふと見上げるとだれもおらず、月の面だけがきらきらと光っている。夢の中のできごととも思えず、まだ周囲に父院の気配が残っている気がする。空の雲は静かにたなびいている。

今まで何年も、夢でさえ見ることがかなわず、恋しく思っていたその姿を一瞬でもはっきりと目にしたことで、その面影が心に刻まれている。自分がこんなつらい目に遭い、命も果てようとしているのを助けるために天翔てきてくださったのだ、と思うと、あんな天変地異のような騒ぎもよく起こってくれたものだと思えた。夢の後も力づけられ、晴れ晴れとした気持ちになる。胸もいっぱいで、夢を見たことでかえって心乱れ、現実の悲しみも忘れて、夢とはいえ、なぜもっとちゃんとお返事申し上げなかったのかと後悔し、もう一度父院が夢にあらわれてくださるかもしれないと、わざと眠ろうとするが、眠ることもできずに明け方になってしまった。

波打ち際にちいさな船を寄せて、二、三人が、この光君の仮の宿を目指してやってきた。どなたでしょうかと尋ねると、「明石の浦の、前の播磨守の入道が、お迎えの船を用意してやって参りました」と言う。「源少納言さまがいらっしゃいますなら、お目に掛かり、ご事情を説明申し上げます」

源少納言こと良清は驚いて、「入道は、播磨の国での知人で長年親しくつきあっておりましたが、私事でお互い気まずいことがございまして、やりとりも途絶えて久しくなっておりますのに、この波風の騒がしい折に、どういうことなのでしょう」と、不審に思って言う。

昨夜の夢で思い当たることのある光君に「早く会ってきなさい」と言われ、良清は船まで行って入道に会った。あれほど激しかった波風の中、いつのまに船出をしたのだろうと不思議な気持ちである。入道が話しはじめた。

「さる三月一日、夢にあらわれました異形の者にお告げを受けました。信じがたいことではありましたが、『十三日にあらたな霊験を示そう。船を用意して、雨風がやんだらかならずやこの浦に漕ぎ出せ』と予告されましたので、半信半疑で船の用意をして待っておりますと、たいへんな雨風、雷でございます。異国の朝廷でも夢を信じて国を助けるという話はたくさんございますので、無駄足かもしれないと思いつつもお告げで言われた十三日、この由を源氏の君にお伝え申し上げようと船を出したのでざいます。すると不思議な風が細く吹きつけまして、この浦に無事到着したのですから、まことに、神のお導きに間違いございませんでした。こちらでも、もしやお心当たりのことがございませんでしたでしょうか。たいへん恐縮でございますが、このことをお伝えくださいませ」

良清はこのことをごく内密に光君に伝えた。夢といい現実といい落ち着かないことばかりで、神の啓示としか思えないこれらのできごとを、光君は自分の過去と未来に照らし合わせて考えをめぐらせる。世間が後々このことを聞いて非難するかもしれないが、それを気にして、真実、神の助けかもしれないのにこれに背いたりしたら、ますます笑われるようなことになるのではないか。現実の人の言うことに逆らうのだって差し障りがあるのだ。ちょっとしたことでも謙遜し、自分より年長者もしくは位の高い人、信望がよりすぐれている人には、素直に従って、その人の気持ちをよく汲み取るべきである、一歩引いていれば間違いないと昔の賢人も言い残している。実際にこんな命がけの目に遭い、世にまたとないような辛酸をなめ尽くしたのだから、今さら後々まで残る悪評をおそれたところでなんになろう。夢の中でも父院の教えを受けたのだから、この上何を疑うことがあろうか、そう心を決めて光君は入道に返事を送った。

「見も知らぬ土地で、あり得ないほどつらい目の限りを見尽くしましたが、都のほうから便りをくれる人もおりません。ただ彼方の空の月と日の光ばかり、故郷の友と思って眺めておりましたら、うれしい船のお迎えがありました。明石の浦に静かに身を隠せるようなところはございますか」

入道はよろこびに打ち震え、お礼を伝える。「何はともあれ、夜が明けきる前にお船にお乗りください」とのことなので、いつもの、親しく仕えている四、五人だけを連れて光君は船に乗りこむ。入道の話にあった不思議な風が吹き、飛ぶように明石の浦に着いた。須磨(すま)から明石まではそう遠くないので、時間はかからないとはいえ、やはり不思議に思わずにはいられない風である。

明石の浜は、なるほどかつて話に聞いたように格別の風情(ふぜい)がある。人の往(ゆ)き来の多そうなことだけが光君の意に添わなかった。入道の所有している領地は、海岸にも山の陰にもあった。浜辺には、四季折々の味わいを生かせるようにしつらえた風流な邸(やしき)があり、仏業に励み、心を澄ませ後世のことを願うにふさわしい山水のほとりに、立派な御堂(みどう)がある。さらに現世での暮らしのために、秋の収穫を刈り取っておさめた、余生を難なく送れるほどの倉町もある。それぞれ、四季折々に合わせ、また場所柄にふさわしい趣向が凝らしてある。高波に脅え、近ごろは娘たちを岡の麓の邸に移して住まわせているとのことで、光君はこの浜辺の邸で気楽に過ごすことができそうである。

光君が船から車に乗り移る頃、日がようやく上ってきた。入道は光君をちらりと垣間見たところ、老いも忘れ、寿命も延びる気がして、自然と満面の笑みになり、真っ先に住吉神社の神を拝む。月の光と日の光を手に入れたような心地がして、心をこめて世話をするのももっともなことである。明石の浦の景色は言うまでもなく、木立、池や遣水の石組み、植えこみなどの趣のある様子、えも言われぬほどうつくしい入江など、もし絵に描いたとしたら、未熟な絵師にはとても描き写すことができないと思えるほどだ。今までの須磨の住まいに比べると、格段と明るく、気持ちも安らいだ。光君の部屋も立派にしつらえてあり、そうした入道の暮らしぶりは、確かに都の高貴な人々の邸と変わりなく、きらびやかな風情でいえば勝っているようにも思える。

少し気持ちが落ち着いてから、光君は京への手紙をいくつもしたためた。嵐の時に二条院からやってきた使者は、「とんでもない道中でたいへんな目に遭った」と泣き沈み、そのまま須磨に留まっていたが、光君はその使者を呼び、身分不相応なほどの褒美の品々を与えて、京に帰した。親しい祈禱師たちや、しかるべき人々には、この一連のできごとをくわしく報告したようである。藤壺の宮だけには、不思議なめぐり合わせで命拾いしたことなどを知らせた。二条院からの、ひどい天候のなか届けられた、胸に染みる手紙への返事は、なかなか書き終えることができず、筆を幾度も置いては、涙をこらえて書き続けている。やはり紫の女君への思いは格段なのである。

「重ね重ね、つらい思いの限りを味わい尽くしてしまったようで、もうこれまでと俗世を離れたい気持ちが募るけれど、あなたが『鏡を見ても……』と詠んだ時の姿が忘れられないのです。こうして遠く離れて逢えないまま、永久にお別れすることになるのでは、と思うと、この頃のさまざまな悲しいできごとも二の次に思え、

遥かにも思ひやるかな知らざりし浦よりをちに浦伝ひして

（はるかにあなたのことばかり思っていますよ。未知だった須磨の浦より、さらに遠いこの明石の浦で）

まるで夢の中にいるみたいで、まだその夢から覚めたような気がしませんので、おかしなこともたくさん書いていることでしょう」

と、とりとめもなく思い乱れたように書いてあるが、はたからのぞいて見たくなるほどみごとなので、紫の女君へのこの上ない愛情の深さをお供の者たちは思うのだっ

た。お供の者たちもそれぞれ、故郷の家族に心細い便りを使者に託している。やむことなく降り続いていた空模様は、曇りなく晴れわたり、漁をする海士たちも威勢がよさそうだ。須磨はいかにも心細く、岩陰の海士の家も少なかった。光君はこれまで人の多いところは敬遠してきたが、明石は須磨とはまるで異なった風情で、何ごとにつけても気持ちがなぐさめられる。

主人である入道の勤行ぶりを見ていると、すっかり俗世を離れたようであるが、ただひとり娘をどうするべきか心中で悩んでいる様子ははたから見ても見苦しいほどで、時々光君にその思いを漏らしている。光君の気持ちとしては、かねてからうつくしい人だと聞いていたことだし、こうして思いがけず明石までやってくるめぐり合わせなのだから、前世からの宿縁があるのだろうかと思いもする。けれども、こうした境遇に沈んでいるあいだは勤行以外のことに心は向けまいと思いなおす。紫の女君にも、都でともに暮らしていた時とは違うのだから、誓いを守らなかったと思われるのも気恥ずかしい、とも思うので、思わせぶりな態度をとることもない。しかしながら、何かにつけて、気立てや容姿は噂に違わず並々ならぬ人らしいと、心惹かれる気持ちがないでもない。光君の御座所には、入道も遠慮してめったに参上せず、かなり離れた下屋に控えている。その実、明けても暮れても光君のそばにいたくて、もの足りなく思い、なんとかして己(おの)が望みをかなえようとますます神仏に祈っている。

年は六十ほどになるけれど、入道は申し分なく身ぎれいにしている。勤行のために痩せ細って、もともと身分が高いからか品があり、偏屈で老いぼれたところもあるが、古事にも知識があり、それをひけらかすでもない。教養が身についてもいるので、昔の話などをさせて聞いていると光君の所在なさも紛れるのである。今まで公私ともに暇がなく、そんなにくわしく聞いたことのなかった世の中のさまざまな古いできごとを、入道が少しずつ話し出すので、明石の浦といったところや入道という人をもし知らずにいたら、それはもの足りなかっただろうと思うくらいに、光君は興味を持つこともある。入道は、近づきにはなれたが、あまりにも気高く、気後れするほどの光君の様子に、娘を縁づかせようなどと言ったものの、怖(お)じ気(け)づいて、自分の願いを思いのまま口にすることができないでいる。それが気が気ではなく残念だと、入道は妻と話し合っては嘆いている。

当の娘は、ふつうの身分だとしても見映えのいい人など見つからないこんな田舎で、世の中にはこんなにすばらしい人もいるのかと思って光君を見ただけに、自分の身の程を思い知らされ、及びもつかないほど遠い人だと思っていた。両親がこのように思い悩んでいるのを聞くと、まるで釣り合わない縁談だと娘は思い、何ごともなかった以前より、何やら悲しい気持ちになるのだった。

四月になった。衣替えの装束、几帳の帷など、入道は上等なものを調進する。何ごとにおいても懸命に世話をしてくれるのを、困ったことだ、そこまでしてくれなくても……と光君は思ってはいるが、入道の、どこまでも気位の高い、品格ある人柄ゆえに、大目に見て何も言わないでいる。京からも、次から次へとお見舞いの便りが途切れることはない。

夕月の明るい穏やかな夜、海上の、曇りなく遠くまで見渡せる景色が、住み慣れた二条院の池を思わせて、言いようもない恋しさが行き場もなく募るようで、光君は心許ない気持ちになる。目の前にあるのは淡路島である。

「淡路にてあはと遥かに見し月の近き今宵は所からかも（淡路で見る月は淡く、はるかに見えたが、今宵の月がこんなにも近いのは、都に帰ってきたからだろうか）」という、躬恒の歌の一節、「あはとはるかに」とつぶやいて、みずからも詠む。

あはと見る淡路の島のあはれさへ残るくまなく澄める夜の月

（淡く見える淡路の島の悲しい姿さえ、残さずくまなく照らし出す今夜の月だ）

ずいぶん長く触れなかった琴を袋から取り出し、とりとめなく掻き鳴らしはじめる光君の姿をそばで見つめる人々も、感極まり、せつなさで胸がいっぱいになる。「広陵」という曲を、秘術を尽くして澄んだ音色で弾きはじめると、入道の妻と娘の住む岡辺の家にも、松風と波音に溶け合ってその音色が響き、音楽に心得のある女房たちは身に染みる思いで聴いているようだ。なんの音とも聞き分けることもできないあちらこちらの田舎者たちも、気もそぞろになって浜をうろうろ歩き、しまいに風邪をひく有様。入道もじっとしていられず、供養の行を怠って光君の元に駆けつけた。

「本当に、捨ててきました俗世のこともあらためて思い出してしまうような琴の音色でございます。来世で生まれたいと願う極楽浄土の様子も、想像せずにはいられない今宵の風情でございます」と、感じ入って涙を流しては褒め称える。

光君も、宮中での折々の遊び、だれ彼の琴笛の音、あるいはその歌いぶり、その時々に世間の賞賛を浴びた自身のこと、帝をはじめとして多くの人にたいせつに扱われ、敬われていた時の、自身のことも人々の様子も思い出さずにはいられず、夢のような気持ちになる。掻き鳴らしている琴の音もぞっとするほどのさみしさを帯びる。

年老いた入道は涙をこらえることができず、岡辺の家に琵琶や箏の琴を取りにやり、入道が琵琶法師となり、まことに味わい深く珍しい曲をひとつ二つ弾き出した。箏の琴を勧められて光君は少し弾いてみる。何を弾いてもすばらしいできばえだと入道は感嘆する。それほどたいしたことのない音色であっても、その折次第で心に染みいることもあるが、はるかまで見通せる海が広がり、あたり一帯、青々と青葉の茂る木陰が、春の花と秋の紅葉の盛りの頃よりかえって目の覚めるようなうつくしさである。水鶏が戸を叩くような声で鳴いている。そんな中での演奏を光君はおもしろく思う。音色も格別にうつくしい琵琶や琴を、入道がやさしく情をこめて弾き鳴らすのに光君は感心し、

「この箏の琴は、女の人がたおやかに、ゆったりと弾いてくれるととてもいいのだけれど」と何気なく口にする。すると入道は、娘のことかと勘違いして笑顔になり、

「あなたさまのご演奏より魅力あるものなどどこの世界にございましょう。私は、延喜の帝（醍醐天皇）から弾き伝わりまして三代目の者となりますが、このようにふがいなくも出家した身で、俗世のことはみな捨て忘れてしまいました。けれどひどく気の滅入る時は、箏の琴を掻き鳴らしておりましたが、不思議に見よう見まねで弾くようになった者がございます。おのずと、かの前大王の演奏に似通っておりまして……。とはいえ山に住む田舎者の耳ですから、松風と聞き間違えてそう思いこんでいるだけかもしれません。なにとぞ、そっとお耳に入れたく存じます」と言ううちに、身を震わせ、今にも落涙しそうである。

「私の弾く琴など琴とも聴いてくださらないような弾き手の前で弾いてしまったのですね……しくじりました」と光君は言い、続ける。「不思議なことに、昔から箏は女性のほうがうまく弾くものでした。嵯峨（さが）天皇のご伝授で女五（おんなご）の宮（みや）が、当時、名手と言われた方ですが、その御筋でそれを弾き伝える人はおりません。今現在、名手と呼ばれる弾き手の方々は、通りいっぺんのなぐさみ程度にすぎませんのに、こちらでそのように由緒ある奏法をお伝えになっているとは、じつに興味深いことです。ぜひ聴いてみたいものです」

「お聴きになるのになんの遠慮がいりましょう。御前にお呼びくださいましても……。商人の中にも、古い曲のうつくしさがわかる者がございました。琵琶にしましても、本当の音色をしっかり弾ける人は昔でもなかなかいないものでしたが、娘は、きっちりと、つかえることもなく弾きこなします。こちらを包むようなやさしい弾き方で、ほかの弾き手とは異なった味がございます。見よう見まねで、どうやって覚えるのでしょう。娘の琵琶の音にまじるのが荒い波音ばかりということが、なんとも悲しく思えてくるのですが、積もり積もった嘆かわしさも紛れる時もございます」と、すっかり音楽に通じているような話しぶりがおもしろくなり、箏の琴を琵琶と取り替えて入道に渡した。入道は確かに巧みに弾きこなす。現在では聴けないような奏法を身につけていて、手さばきはたいそうしゃれていて、左手で絃をゆすって深く澄んだ音を出す。ここは伊勢の海ではないけれど、「伊勢の海の　清き渚に貝や拾はむ……」と、催馬楽を声のいいお供の者にうたわせ、光君自身も時々拍子をとっては声を合わせる。入道は途中で弾きやめて、それを賞賛するのだった。果物や菓子などを珍しい趣向で用意し、お供の者たちに無理に酒を勧めたりして、いつしか日々の苦労も忘れてしまいそうな今宵である。

夜もたいそう更けるにつれて、浜から吹く風は涼しくなり、月が西に傾くと空もいっそう澄みわたる。あたりが静まりかえると、入道は光君相手にすっかり自分のことを話している。この浦に住むようになった当時の思いや、来世を願う仏道修行のことをぽつりぽつりと話し出し、自分の娘のことも、訊かれてもいないのに話しはじめる。光君は滑稽にも思うが、さすがに心打たれるところもあった。

「まことに申し上げにくいことでございますが、あなたさまがこうして、縁もゆかりもない田舎に、いっときにせよ移っていらっしゃいましたのは、もしや、この老法師が長年お祈り申している神仏が、私をあわれんでくださったゆえ、しばらくのあいだご心労をおかけすることになったのではないかと思うのです。それというのも、私が住吉の神をお頼り申し上げるようになりまして今年で十八年でございます。あの娘がごく幼い時から思うところがございまして、毎年春と秋、かならず住吉の御社（みやしろ）に参詣することにしております。昼夜六時のお勤めにも、自分の極楽往生の願いはさておいて、ただこの娘の高い望みをおかなえくださいとだけお祈りしております。前世の因縁にめぐまれませんで、残念なことに私はこのような山賤（やまがつ）になりましたけれど、私の親は大臣の位を保っておりました。私の代からこのような田舎者になり果てたのでございます。子孫が次々とそのように落ちぶれていくばかりでは、この先どのような身の上になり果てるのか、悲しく思っておりましたところ、この娘には、生まれた時から期待してしまうようなことがございました。どうにかして都の高貴なお方に嫁がせようと深く決意しておりますので、私のような賤（いや）しい者でもその身分なりに、多くの人の妬みを買いまして、つらい目に遭うことも多くございましたが、それを苦とは思いませんでした。私が生きております限りは、力及ばずとも、たいせつに娘を守り育てるつもりでございます。このまま私たちが先立つことになりましたら、海に身を投げてしまいなさいと言い含めております」

　と、入道が泣く泣く語るのは、ここにそのまま伝えるのもどうかと思うような異様なことばかりで……。しかし光君は、いろいろと悲しい思いをすることが続いていた時なので、涙ぐんでそれらを聞いている。

「身に覚えのない罪のために、思いもよらぬ土地にさすらうのも、いったいどんな罪の報いかとずっと考えていましたが、今宵伺ったお話と照らし合わせてみますと、なるほど前世からの深い約束だったのだと感無量の思いです。どうして、こうもはっきりとおわかりになっていたことを、今まで教えてくださらなかったのですか。都を離れた時から、変わり果ててゆく世の有様に嫌気がさして勤行以外のことをせずに日を過ごしているうちに、心もすっかりくじけてしまいました。こういうお方がいらっしゃると漏れ聞いたことはありますが、こんな身の上の人間は縁起でもないと相手にしてくださらないのだろうと、あきらめておりました。それでは私をご案内くださるのですね。心細い独り寝もなぐさめられる思いです」

などと光君が言うのを、入道はこの上ないよろこびとして聞いた。

「ひとり寝は君も知りぬやつれづれと思ひあかしの浦さびしさを

（独り寝のさみしさを、あなたもおわかりになるでしょうか。明石の浦で所在なくもの思いに夜を明かす娘の気持ちも――）

まして長い年月、娘のことを案じてきました私の胸ふさがるような思いを、わかっていただけるでしょうか」と言う入道は、わなわなと身を震わせているけれど、さすがに気品を失わない。

「それでも、浦の暮らしに慣れておりますお方は、私ほどでは……」と言い、光君は続ける。

旅衣うらがなしさにあかしかね草のまくらは夢もむすばず
（この明石の浦の旅寝の悲しさに夜を明かしかねて、私は安らかな夢を見ることもできません）

打ち解けている光君はじつに魅力的で、たとえようもないほどにうつくしいのである。入道は、それからも数え切れないくらいの多くを光君に語り尽くしたのだけれど、ここに書き記してもうるさいだけでしょう。もし変なふうに書いてしまったら、それこそ、愚かしく偏屈な入道の性分がよけい目立ってしまうでしょうし。

どうやら願いがかなったようだと入道は思い、すがすがしい気持ちでいたところ、翌日の昼頃に岡辺の家に光君からの手紙が届いた。入道の娘はたしなみ深いらしい、かえってこういう人知れぬところに、思いもしないようなすばらしい人が隠れていることもある……と気遣い、高麗の胡桃色の紙に、たいそうな念の入れようで、

をちこちも知らぬ雲居にながめわびかすめし宿の梢をぞとふ
（どちらともわからない旅の空を眺め、もの思いにふけっては、ほのかに噂で耳にした宿の梢――あなたに宛ててお便りします）

「思ふには忍ぶることぞ負けにける色には出でじと思ひしものを（古今集／隠そうとしてもあの人を思う心に負けてしまう、顔色には出ないと思っていたのに）」の一節を、「思ふには」とだけ書き添えてあったでしょうか……。入道も、内心では光君の手紙が待ち遠しくて、岡辺の家に来ていたのである。期待通りになったので、手紙の使者を気が引けるほどもてなし、酒に酔わせる。しかし娘はなかなか返事をしない。入道は部屋に入ってせき立てるけれど、娘はいっこうに聞き入れない。こちらが恥ずかしくなるほどみごとな手紙に、返事を書くのもひるんでしまい、さらには光君と自分の身分の違いも思い知らされ、気分が悪いと言って横になってしまった。やむなく入道が娘に代わって返事を書く。

「うれしきを何につつまむ唐衣袂ゆたかに裁てと言はましを（古今集／うれしい気持ちを何に包もう、袂をもっと大きく裁断せよと言っておくべきだった）」と、これも古歌を踏まえて、

「まことに畏れ多いお手紙をいただきましたのに、田舎者の娘の袂には、そのうれしさを包むこともできないようです。私どもがこれまで経験したこともないようなありがたさでございます。とは申しましても、

ながむらむ同じ雲居をながむるは思ひもおなじ思ひなるらむ

（あなたさまが眺めていらっしゃる空を娘も眺めておりますのは、きっと同じ思いからなのでしょう）

と思っております。私ごときが色めいたことを書きまして申し訳ありません」

とある。無粋な陸奥国紙（みちのくにがみ）に、ひどく古めかしいが気品ある書きぶりである。本当に色めいた振る舞いだと光君はおもしろくない。入道はさらに、使者に立派な女人の装束を与えていた。

明くる日、

「代筆の手紙など、今までもらったことがありません」と光君はしたためる。

「いぶせくも心にものをなやむかなやよやいかにと問ふ人もなみ

（胸が苦しくなるほど悩んでいます。まあ、どうしましたか、と問いかけてくれる人もいませんので）

まだお逢いしていないあなたに、恋しいとは言いかねまして……」

と、今度は、じつに優美な薄様の紙に、見とれてしまうほどみごとに書いている。この手紙を気に入らない若い女がいたら、あまりにも引っ込み思案すぎて風情を解さないと言うほかないでしょうね。けれど娘は、みごとであるとは思うものの、比べることなど到底できない身の上がひどくふがいなく思えてしまうのである。なまじ、こんな女がいると光君に知られたと思うと涙があふれてくる。さらに前と同じく筆をとらないでいると無理にせっつかれて、香を深く焚きしめた紫の紙に、墨を濃く薄くと書き紛らせる。

　思ふらむ心のほどややよいかにまだ見ぬ人の聞きかなやまむ

（私をお思いくださるあなたの心のほどは、さて、どのくらいでしょう。まだお目に掛かったこともないお方が、噂で聞いただけでお悩みになるものでしょうか）

　筆跡も、言葉遣いも、都の高い身分の人に比べてもそう劣るところのない、いかにも貴婦人然としたものだ。光君はこうして手紙をやり交わしていた都を思い出して胸が弾むが、続けざまに手紙を送るのも人目が憚られるので、所在のない夕暮れ時とか、あるいは身に染みるような明け方など、相手もきっと同じように情趣を覚えているだろう時を見はからって手紙を書いた。

　そうしてやりとりしてみると、不足のない、思慮深く気位の高い女だとわかってきて、ぜひ逢ってみたいものだと思うものの、以前良清が我がもののように話していたのも癪に障るし、また、長年女に心を掛けていただろうに、良清の目の前でその思いを踏みにじるようなことをするのも気の毒だとあれこれ思案する。相手のほうからやってくるのならば、そういうことで仕方なかったとうやむやにしてしまおうと思うけれど、女は女で、なまじ身分の高い人よりもずっと気位が高く、小癪なほどの態度なので、お互い意地の張り合いで日が過ぎる。

こうして須磨の関を隔ててみると、京に残した紫の女君がいっそう気に掛かる。さてどうしたものか、冗談ではすまないほど恋しくてたまらない、こっそりここに呼んでしまおうか、と気弱になる時もあるが、いくらなんでもこのまま年を重ねていくことはあるまい、今さら世間体も悪いと、ぐっとこらえるのだった。

その年、朝廷では何者かのお告げのようなできごとが相次ぎ、不安をあおることが多かった。三月十三日、雷が鳴り響き、雨風の騒がしい夜、朱雀帝の夢に故桐壺院があらわれた。清涼殿前の階段の下に立ち、ひどく機嫌が悪く、こちらをにらんでいるので、帝は恐縮した。桐壺院は数々のことを帝に伝える。その多くは光君のことであったはず……。帝はひどくおそろしくなり、また心休まらないらしい故院のことも気の毒になり、母である弘徽殿大后に打ち明けるが、「雨などが降って、空の荒れる夜は、気に病んでいることがそのように夢となるのです。そう軽々しくあわてではいけません」と言われてしまう。

夢の中で、桐壺院がにらんだ時に目と目を合わせてしまったせいか、帝は眼病を患って、我慢できないほど苦しみ出した。快癒のための物忌みを宮中でも大后の邸でも数え切れないほど執り行う。そんな中、大后の父、帝の祖父である太政大臣（右大臣）が亡くなった。亡くなるのも不思議ではない年齢ではあったが、次々に穏やかならぬことが起こる上、大后までなんとなく具合が悪くなり、日がたつにつれ衰弱していく。帝としては心痛が尽きない。

「やはり、あの光君が罪も犯していないのにこのような逆境に沈んでいるならば、かならずその報いがあるに違いないと思うのです。かくなる上は、元の位を授けましょう」と、帝は幾度も考えては話してみるが、

「そんなことをしては、あまりに軽率だと世間から非難されますよ。罪をおそれて都を去った人を、三年もたたないうちに許すようなことがあれば、世間の人がどんなふうに言い立てるでしょう」と大后は厳しくいさめるので、それに遠慮しているうちに月日が流れ、二人の病はそれぞれ次第に重くなるばかりである。

明石では、例年通り、秋になると浜辺の風がことさら身に染みる。光君は独り寝が心底さみしくて、折につけて入道に話を持ちかける。「なんとか目立たないように、

こちらに来させてください」と言い、自分から訪ねていくことはあり得ないと思っているが、娘本人は、それよりさらにみずから訪ねていくなどあり得ないと思っている。「まったくとるに足らない分際の田舎者ならば、ほんのいっとき都から下ってきた人の甘言につられて、そんな軽はずみな契りを結ぶこともできるだろう。光君は私を人の数にも入れてくださらないのだろうから、私はただつらい思いを抱えるばかりになる。及びもつかない高望みをしている両親も、私が縁なくひとり身でいるあいだは、あてにもならないことをあてにして、私の将来を期待していたのだろうけれど、もし本当になればかえって尽きぬ心配をすることになるだろう」と、娘は思うのである。「ただ光君がこの浦にいらっしゃるあいだ、こんなふうにお手紙をやりとりさせていただくだけで、それはもう並々ならぬしあわせなこと。長年噂ばかり耳にして、いったいいつか光君のお姿をちらりとでも拝見することがあるかしら、到底そんなことはないだろうと思っていたのに、こうして思いもかけずこちらにお住まいになり、ちゃんとではないけれどちらりと拝見もでき、世に類いなしという評判の琴の音も風のまにまに拝聴できて、明け暮れのご様子もうかがうことができた。このように私をひとりの女として認めてくださって、声をかけてくださるとは、このようないやしい海士(あま)の中に落ちぶれた身には、分が過ぎることなのだ……」などと思うと、ますます気後れして、対面しようなどとは露も思えないのである。

　両親は、これまでの長い年月の祈りがこれでかなうのだと思いながらも、不用意に娘を逢わせて、万が一人並みに扱ってもらえなかったらどれほど嘆かわしいだろうと思うと、だんだん不安が募ってくる。

「どんなにすばらしいお方だとはいえ、そんなことになれば娘もつらく恨めしい気持ちにもなるだろう。目に見えない神や仏を頼りにしてばかりで、光君のお気持ちも、娘の運命も考えもせず……」と、くり返し思い悩んでいる。光君は、

「秋の波の音に合わせて、あの琴の音色を聴きたいものだ。さもなくば、せっかくいい季節の甲斐もない」と、いつも言っている。

　入道はこっそりと、適当な吉日を暦で調べさせ、妻があれこれと心配するのに耳を貸さず、弟子たちにも何も知らせず、ひとり勝手にことを運び、娘の部屋を輝くほどに整えた。そして十三日の月がはなやかに上った頃合いに、ただ「あたら夜の」と伝えてきた。

「あたら夜の月と花とを同じくは心知られむ人に見せばや（後撰集／もったいないほどすばらしいこの月と花を、同じことなら、真に情趣をわかる人に味わってもらいたい）」という歌を持ち出すなど、風流ぶったものだと思いながら、光君は直衣を着て

身なりを整え、夜が更けるのを待って出かけていく。車はこの上なく立派に作ってあるけれども、仰々しいということで馬に乗っていくことにした。惟光などをお供に連れていく。岡辺の家は海からはやや遠くへ入ったところだった。道中、四方の海を見渡して、いとしい人と眺めたいような入江に映る月影に、まず恋しい紫の女君を思い出し、このまま馬に乗って京へ向かいたい気持ちになる。

　秋の夜のつきげの駒よわが恋ふる雲居を翔れ時の間も見む
（秋の夜の鴾毛の馬よ、つきと名乗るなら、私が恋しく眺める空を月のように
　駆けておくれ、ほんの束の間でも愛する人を見たいのだ）

と、思わずつぶやいてしまう。

岡辺の家は、庭木が鬱蒼と茂り、なかなか趣向が凝らしてあり、みごとな造りである。海辺の邸は贅沢な造りではなやかだが、こちらはひっそりとした感じである。このようなところに住んでいたら、あらぬ限りのもの思いをし尽くさずにはいられないだろうと、光君は娘に同情する。三昧堂が近く、鐘の音が松風と響き合ってもの悲しい気分にさせ、岩に生えた松の根も風情がある。庭の植えこみのあちこちで、秋の虫がいっせいに鳴いている。光君は邸内の様子をあちこち見てまわった。娘が住んでいる一角は、とくべつ念入りに磨き立ててあり、月の光の射しこんだ妻戸の戸口が、誘

うように開いている。

光君がためらいがちに、何やかやと口にするが、娘はこれほど間近くはお目に掛かるまいとかたく決めているので、嘆かわしくなり気を許そうとしない。その態度を、「なんとまあいっぱしの貴婦人気取りだろう。もっと近づきがたい高い身分の人でも、これほど近づいてしまえば、気丈に拒み続けたりしないのがふつうなのに。私がこんなに落ちぶれているから、見くびっているのだろうか」と光君は癪に思い、あれこれと思いめぐらせる。「思いやりなく無理強いするのも、この場合にはふさわしくない。かといって意地の張り合いに負けるのもみっともない」などと、困惑して恨み言をつぶやく姿は、まったく真に情趣をわきまえる人にこそ見てほしいもの。

近くの几帳の紐が触れて、箏の琴が音を立てる。それで、さっきまでくつろいで琴を手慰みに弾いていた女の様子が想像されて、ますます心惹かれた光君は、「いつも噂に聞いていました琴もお聴かせくださらないのですか」と、言葉を尽くして話しかけた。

むつごとを語りあはせむ人もがな憂き世の夢もなかば覚むやと

(睦言を語り合える相手がほしいのです。このつらい世の悲しい夢も、半分は覚めるかと思いまして)

と光君が歌を詠みかけると女は、

明けぬ夜にやがてまどへる心にはいづれを夢とわきて語らむ

（明けることのない夜の闇の中をさまよう私には、どちらを夢と分けてお話しできましょう）

ほのかに感じられる様子は、伊勢に下った六条御息所によく似ている。女は、何も知らずにくつろいでいたところへのお出ましに気が動顚し、どうしていいのかわからずに近くの小部屋に入ってしまう。いったいどう戸締まりしたのか、いやにかたく閉ざされているが、光君は無理強いをする様子もない。けれどもいつまでもそうしているわけにもいかず……。

この女は上品で、すらりと背が高く、気後れするほどの気高さである。こんなふうに無理をして契りを交わしたことを思うと、ますますいとしく思える。逢ってみていっそう愛が深まったということでしょう。いつもなら厭わしく思える秋の夜も、すぐに明けてしまうような気がして、人に知られてはいけないと、心をこめた約束の言葉を残してあわただしく光君は去っていく。

後朝の手紙は、その日、たいそう人目を忍んで届けられた。光君は京に聞こえることを気遣っているのだけれど、それも無用な心配というもの。岡辺の家でも、光君の訪問をなんとか世間に知られまいと包み隠して、使者を仰々しくもてなすこともないのだが、入道は大々的に祝えないことを残念に思うのだった。

それから光君は人目を忍んで時々訪れるようになった。距離も少し遠いので、たまたま口さがない土地の者もうろついていることもあろうと気兼ねして、そう頻繁に通えずにいるのだが、案の定そうなってしまうのかと、女は光君の心を疑って嘆き悲しんでいる。本当にどうなることかと、入道は極楽浄土の願いも忘れて、待つのはただただ光君だけである。出家した心を今さら乱さずにいられないのも、なんとも気の毒なことである。

二条院の紫の女君が風の便りにこのことを耳にすることがあったら、冗談にしろ、隠しごとをしたのだと不愉快な思いをさせてしまうだろう、それはあまりにも心苦しく合わせる顔もない、と光君が思うのも、ひたむきな愛情ゆえのこと。これまでもほかの女君とのあれこれを、紫の女君は深く心に刻んでおもしろくない思いをしていたようだが、いったいどうしてつまらない浮気などでそんな思いをさせてしまったのかと、昔を取り返したいほど光君は後悔している。入道の娘に逢うにつけても紫の女君への恋しさは募るばかりなので、いつもより心をこめて手紙を書き、最後に、

「そういえば、我ながら心にもない浮気沙汰で、あなたに嫌な思いをさせた時々のこ

と、思い出すだけでも胸が痛むのに、またしても奇妙なつまらない夢を見てしまいました。この告白で、隠しごとなどしていない私の気持ちはわかってもらえることと思います。神かけて、あなたへの変わらぬ愛を誓ったその誓いには背いていません」

などと書き、さらに、

「何ごとにつけても、

しほしほとまづぞ泣かるるかりそめのみるめは海士(あま)のすさびなれども

(あなたを思いさめざめ泣いています。かりそめにほかの女と逢ったのは海士の戯れにすぎないけれども)」

と書いて送った。その返事は、なんのこだわりもなく素直な書きぶりで、ただ終わりに、

「隠さずに打ち明けてくださった夢のお話に、思い当たることが多くございまして、

うらなくも思ひけるかな契(ちぎ)りしを松より波は越えじものぞと

(疑うことなく信じておりました、約束したのですから、末の松山を波が越えることはない――お心変わりはないものと)」

穏やかな書きようではあるが、さりげなく当てこすっているのを、光君はしみじみといつまでも眺め、その後ずいぶん長く、お忍び通いもしないでいる。

女は、案じたことが起きてしまったと思い、今こそ本当に海に身を投げてしまいたい気持ちになる。老い先短い両親ばかりを頼りにしてきて、いつかは人並みの身の上になれるなどとは思っていなかったけれど、ただなんとなく過ごしてきた今までの年月には、いったいどんな悩みごとがあったろう。それなのに、男女のこととはこんなにも気苦労の多いものなのかと、以前想像していたより何もかもがずっと悲しく思えてくるが、そんな気持ちはおくびにも出さずさりげなく振る舞い、たまに訪れる光君にも憎らしげな態度をとることはない。

月日がたつにつれて、光君も次第に女をいとしく思うようになるが、しかしたいせつに思っている都の紫の女君が心細く日を過ごし、こちらのことをひたすらに思ってくれていると思うと心苦しく、海辺の邸(やしき)でひとり寝て過ごすことが多かった。たくさんの絵を描いて、それに思うことをあれこれと書きつけ、そこに紫の女君からの返歌を取り入れる趣向にしている。見る人の心に染みいるに違いないできばえである。まるで空を飛んで心を通わせているかのように、紫の女君も悲しみに気持ちが沈む時には、同じく絵を描いては自分の暮らしを日記のように書き入れている。さてさてこの先、この二人はどのようになっていくのでしょう……。

年が改まった。帝の眼病のことで、世の中はいろいろと騒いでいる。朱雀帝の皇子は、右大臣の娘である承香殿女御から産まれた男の子で、二歳になったばかりでまだ幼い。帝の位は藤壺の子である東宮に譲ることになるだろう。朝廷での東宮の後見人となり、世の政を執り行うべき人物は……、と考えると、あの源氏の君がこのように不運に見舞われていることはあまりにももったいない、あるまじきことだと思えてきて、とうとう帝は大后の諫言に背いて、源氏赦免との決定をした。去年から、大后も物の怪に悩まされ、しかも何者かのお告げのようなできごとも多く、世の中が不穏である上、厳重な物忌みをした効験か少しは快方に向かった眼病まで、ふたたび悪化し、不安になった帝から、七月二十日過ぎ、また重ねて京へ帰還するよう光君は命じられた。

いつかはこうなると光君は思っていたけれど、このさだめのない世の中で、いったいどうなり果ててしまうのかと不安でもあった。そこへこうも急に帰京が決まったので、うれしく思う一方で、この明石の浦をいよいよ離れることを思うと複雑な気持ちになる。入道は、当然であると思うものの、その話を耳にすると胸のふさがるような思いである。しかし思い通りに光君が栄えてこそ、はじめて自分の願いはかなうのではないかと自身に言い聞かせるのであった。

その頃は、一夜も欠かさず光君は女を訪れた。六月の頃から女は懐妊のきざしがあり、つわりに悩まされていた。こうして別れなければならないのに、あいにくと光君は以前よりずっと女に心を寄せて、自分はなぜいつもこうして不思議と悩みのたえない身の上なのかと思い悩んでいる。女は言うまでもなく悲しみに打ちひしがれている。それも当然のこと。

京を去る時は思いもしない悲しい旅立ちだったが、いつかは京に帰ることもあろうと一方では希望も持っていた。今度はあの時と違い、よろこびいさんでの旅立ちだが、もう二度とこの地を訪れることはないだろうと思うと感慨深い。お供の者たちもそれぞれ帰京をよろこんでいる。京から迎えの人々がやってきてにぎやかになったけれど、入道は涙に暮れている。月が改まり仲秋の八月になった。季節的にも身に染みるような空を眺め、どうして今も昔も、みずから進んでうまくいかない恋に身を投じてしまうのかと光君は思い悩んでいる。事情を知るお供の者たちは、「困ったお方だ、またいつもの悪い癖がはじまった」とあきれている。少し前までは、人に気取られることもなく、時々人目を忍んで通う程度の冷淡さだったのに、ここへきてあいにくの執心で、かえって女の悩みの種となるだろうにと、お供の者たちは互いに肩をつつき合っている。良清（よしきよ）は、以前北山で、入道の娘を取り持つように光君に話したことを人々が噂しているのをおもしろくなく思っている。

出発は明後日という日、いつものように夜更けてからでなく、光君は岡辺(おかべ)の家に向かった。はっきりとはまだ見たことのなかった女の姿であるが、なかなか優雅で気高く、思っていたよりずっとすばらしい人だと知るや、別れがたく、残念で仕方がない。しかるべき扱いで京へ迎えようと光君は思う。女にもそのように約束して気持ちをなぐさめる。光君の容貌や振る舞いは言うまでもない。何年もの勤行にひどく面やつれしているが、なんともいえない端麗な姿で、心底つらそうに涙ぐんで愛情深い約束を交わしてくれる光君に、もうこれだけで身に余る幸福なのだから、これであきらめてもいいではないかと思いもする。そして、光君の姿がまばゆければまばゆいほど、我が身の程を思い知らされて尽きぬ悲しみを覚えるのだった。波の音が秋の風にのって届き、やはりその響きはいつもと異なって胸に染みる。塩を焼く煙が細くたなびき、周囲の何もかもが憂いを帯びた景色である。

このたびは立ち別る(わか)とも藻塩(もしほ)焼く煙(けぶり)は同じかたになびかむ

(今別れ別れになっても、藻塩を焼く煙が同じ方向に流れるように、いずれは
いっしょになりましょう)

と光君が詠むと、

かきつめて海士のたく藻の思ひにも今はかひなきうらみだにせじ

(海士がかき集めて焼く藻塩のように多くの思いがありますが、及ばぬ身の上ですから、恨み言など申しません)

さめざめと泣き、言葉少なであるけれど、こういう折の返歌は心をこめて伝える。ずっと聴きたいと思っていた琴を、女がついに聴かせてくれなかったことを光君はひどく残念に思っていることを伝え、

「それではあなたの形見として思い出に残るように、ひと節だけでも……」と言い、京から持ってきた琴を取りにやらせて、格別に染みいる曲をほんの少し弾く。深い夜に、澄んだ音色はたとえようもなくうつくしく響く。入道はこらえることができずに箏の琴を取って娘の御簾に差し入れた。当人も涙を誘われて、気持ちを掻き立てられ、抑えることができずにひそやかに弾きはじめるが、なんとも気品のある演奏である。光君は藤壺の弾く琴を思い出す。比べるものなどないほどだと思っていたあの演奏は、はなやかで洒落ていて、じつにみごとだと聴く人が満足し、弾き手の容姿まで思い浮かぶほどの、なるほどまことにこの上ない琴の音だった。一方この女の琴は、どこまでも澄み切った深みのある音で、小癪なまでに技術がすぐれている。光君のように音楽に通じた人でも、はじめて聴くのに、どこかなつかしくも珍しくも感じるような曲

を、もどかしく思うほど弾いてはやめ、弾いてはやめる。もっと聴きたいと思う光君は、なぜ今まで無理を言ってでも聴かなかったのだろうと後悔する。心を尽くしてこの先のことを誓い、

「この琴は、次にいっしょに弾き合わせる時までの形見に」と言う。

なほざりに頼め置くめる一ことを尽きせぬ音にやかけてしのばむ

（いい加減なお約束なのかもしれませんが、私はそのお言葉に、いつまでも泣きながらおすがりいたします）

と、女が思わず口ずさんだ歌を光君は恨み、

「逢ふまでのかたみに契る中の緒の調べはことに変らざらなむ

（ふたたび逢うまでの形見と約束するこの琴の中の緒の調子――私たちの仲は、変わることなくあってほしいものです）

音の調子が狂わないうちにかならず逢いましょう」

と、それを頼りに待つように約束するようです。けれど女がただひたすらこの別れのつらさを思い涙に暮れているのも、まったくもって当然のこと。

出立する明け方、まだ暗いうちに邸を出る。京からの迎えの人も騒々しいので気もそぞろだけれど、人目のない折を見はからい、

うち捨てて立つも悲しき浦波のなごりいかにと思ひやるかな
（あなたをこの浦に残して去っていくのも悲しいですが、その後どんなに嘆かれるかとあなたを案じています）

返事は、

年経つる苫屋も荒れて憂き波の帰るかたにや身をたぐへまし
（お発ちになった後では、長年住み慣れたこの粗末な家も荒れてさみしくなります。あなたのお帰りになる海に身を投げてしまいたいです）

と、心の内がそのまま詠んである。光君はこらえていたが、ほろほろと涙をこぼしてしまう。その心を知らない人々は、こんな寂れたところだけれど、一年余りも住み慣れて、いよいよ去るという時にはこんなふうに悲しいのだろう、などと思っている。良清は、光君が女を本気で愛したようだと忌々しく思う。京に帰ることをうれしく思いながらも、今日を最後にこの海辺と別れるのかと、せつない気持ちでみなそれぞれ涙をこぼしていくつか歌も詠んだようだ。でも、いちいち書き留める必要もないでしよう。

入道は今日の支度をじつに盛大に用意していた。お供の者たちには、下々の者にまで立派な旅の装束を揃えた。いつのまに準備したのかと思うほどだ。光君のために用意した衣裳は言いようもなくすばらしい。衣裳を納めた櫃をたくさん担わせてお供をさせる。都への土産物として申し分ない贈り物も用意されていて、すべてに入道のたしなみ深さと行き届いた配慮が感じられる。出立の時に着る狩衣に、

寄る波に立ちかさねたる旅衣しほどけしとや人のいとはむ

（出発のため、裁ち重ねたこの旅衣が私の涙で濡れているので、お厭いになりますか）

という歌が添えられているのを光君は見つけ、あわただしいけれど、

かたみにぞ換ふべかりける逢ふことの日数隔てむ中の衣を

（お互いに形見として着物を取り換えよう、また逢う日まで私たちの仲を何日も隔てる中の衣を）

せっかくの心遣いだからと、その狩衣に着替え、今まで着ていたものを女に届けさせる。まさしくさらに悲しみを深くする形見の品となるだろう。うつくしい衣裳に光君の匂いが移っているのだから、どうして女も心に深く染みないことがあろう。入道は、

「もはや世俗を捨てて出家した身ですが、今日のお見送りにお供できませんことはやはり悲しい限りです」などと言ってべそをかいているのも気の毒ではあるが、若い人

たちは笑い出してしまうだろう。

「世をうみにここらしほじむ身となりてなほこの岸をえこそ離れね
　(世間が嫌になって長年この海辺に暮らす身となりましたが、やはりこの世への執着を断ち切ることができません)

愚かな親心ゆえ、悲しみで道に迷いそうでございますから、国境(くにざかい)までもお見送りできません」と言い、さらに「差し出がましい申し出ではございますが、娘のことを思い出してくださる折がございましたら……」と、光君の様子をうかがいながら言う。光君もひどく感じ入り、ところどころ赤くなっている目のあたりが、言いようもなくうつくしい。

「心に掛かることもありますから、そのうちすぐに、見捨てたりしないという私の気持ちもわかっていただけるでしょう。今は住み慣れた明石を離れがたいばかりです。どうしたらいいのだろう」と光君は言い、

都出(みやこい)でし春の嘆きに劣らめや年経(ふ)る浦を別れぬる秋
　(都を出た春の嘆きに劣るだろうか、何年も住んだこの明石の浦と別れるこの秋は)

と涙を拭っているので、入道は我を失ったようにますます泣き出して、あきれるく

らいによろよろしている。

当の女の気持ちはたとえようもないほどで、悲嘆に暮れる姿を見せまいと心を静めているけれど、もともと不幸な身の上なのだから仕方がないこととはいえ、光君が自分を置いて去っていく恨めしさはいかんともしがたく、しかも光君の姿が目に焼きついて消えず、できることといえばただ涙を流すことしかない。母君もなぐさめることもできず、

「どうしてこんな苦労の多いことを思いついたのでしょう。変わり者の夫に従った私が間違っていましたよ」と言う。

「黙りなさい。このままお見捨てになれるはずもない事情だってあるのだから、きっと何かお考えがおありだろう。心配しないで薬でも飲みなさい。まったく縁起でもない」と言いつつも、部屋の隅で縮こまっている。乳母や母君は、入道の偏屈ぶりを非難して、

「一日も早く、なんとかして望み通りの身分にして差し上げようと何年もお祈りしてきて、今ようやくその願いがかなうと頼りに思っていたのに、こんなにお気の毒なことになってしまうとは。ご縁があったばかりだというのに」

と嘆き合っている。入道はますます娘が不憫で、いよいよ虚けたようになってしま

い、昼は一日中寝て暮らし、夜になるとすっくと起きて、「数珠もどこかに行ってしまった」と手のひらをこすり合わせて空を眺めている。それを弟子たちにもばかにされて、心を入れ替え月夜に出て行道したはいいが、遣水に転げ落ちるという始末である。風流な岩の出っ張りに腰をぶつけて怪我をして、寝こんでしまう段になってようやく、あまりの痛みに悲しみも少しは紛れるのだった。

光君は、難波の方に着いて祓をし、住吉の御社にも、無事に帰京できたことについて、今まで立てたいろいろな願のお礼にあらためて参詣する由、使者を差し向けて報告した。急に従者も増えて動きが取れず、自身は参詣しなかった。ほかに寄り道をすることもなく急いで京に入った。

二条院に着いた。都の人も、お供の者たちも、みな夢のような心地で再会し、うれし泣きの声が縁起でもなく思えるほどの大騒ぎである。紫の女君も、今まで生きる甲斐もないように思い、いつ捨てても惜しくないと思っていた命だけれど、今は生きながらえていたことをうれしく思っているはず。じつにうつくしく大人びて容姿も整い、心労のせいで、あまりにも多かった髪の量が少し減ったのがかえって見目麗しい。それを見て、これからはこうしていっしょに暮らせるのだと光君は安心するが、それにつけても明石で、つらい思いで別れた人の悲しんでいた様子を思い出して胸を痛めるなのでしょう。

のだった。やはりいつになっても、このような恋のことでは心の安まる時のないお方

その明石の女君のことを、光君は紫の女君に隠さずに話した。その人を思い出している様子から真剣な気持ちなのだとうかがい知れて、紫の女君も内心穏やかではないのだろうが、さりげないふうに、

「身をば思はず」などと、ちらりと恨み言を言う。「忘らるる身をば思はず誓ひてし人の命の惜しくもあるかな（拾遺集／あなたに忘れられたこの身はなんとも思いませんが、愛を誓った人の命は心配です）」の一節をつぶやいてみせる紫の女君に、光君は感心し、またかわいらしくも思う。こうして逢っていてさえずっと見ていたいと思うのに、どうやって逢わずに長い年月を過ごしてきたのかと信じられないような思いがし、今さらながらそうさせた世の中が恨めしくなってくる。

ほどなくして光君は元の官職だった参議から、定員外の権大納言（ごんだいなごん）に昇進した。光君とともに官職を外された家臣たちも、しかるべき者たちはみな元の官位を賜って、世間にも許された。枯れ木に春が舞い降りたようなめでたさである。

帝に呼ばれ、光君は宮中に参内（さんだい）する。帝の御前に控えている光君は成熟してますます立派になり、このようなお方がどうしてあんな辺鄙（へんぴ）な住まいで月日をお過ごしだっ

たのだろうと人々は思う。故桐壺院の在位中から仕えている老いぼれた女房たちは、ふたたび目にする光君のすばらしさに感極まって声を上げて泣く。帝も、光君のまばゆさに気が引ける心地で、自身の衣裳も念入りに整えて対面する。ずっと気分がすぐれないまま何日も過ごしていたので、ずいぶんと衰弱しているが、昨日今日は少し調子もよいのだった。しみじみと語り合っているうち夜も更けた。十五夜の月はうつくしく、あたりは静まりかえっている。帝は昔のことを次々と思い出して涙を流す。気持ちもだいぶ弱っているのだろう。

「管絃の遊びなども久しくしていないのだ、昔聴いたあなたの演奏も、聴かなくなってずいぶんたってしまった」と言うので、

「わたつ海にしなえうらぶれ蛭の児の脚立たざりし年は経にけり

（イザナギ、イザナミの産んだ蛭の児は、三歳になっても脚が立たなかったそうですが、私も海辺で打ちしおれ、心のよりどころもなく、三年の歳月を過ごしました）」

と光君は詠む。帝は、心の底から光君を哀れに思い、顔向けできない気持ちで、

宮柱めぐりあひける時しあれば別れし春のうらみ残すな

（こうしてふたたびめぐり合う時があったのだから、別れた春の恨みは忘れて

ほしい)

と詠む姿はじつに優美である。

光君は、故桐壺院のために法華八講会を行う準備をまずはじめた。東宮に会いにいくと、見違えるほど成長している。ようやく会えたことをよろこんでいるその様子を、光君は限りなくいとしく思う。学問もこの上なく秀でており、帝王として世をまかせてもなんの問題もないだろうと思えるほど賢明に見える。藤壺の宮には、少し心が落ち着いてから光君は会いにいくが、しみじみと心にしみることがさぞや多かったことでしょう。

あの明石の女君は、というと——。京まで光君を送り、明石へと帰る人々に光君は手紙を託した。こっそりと、詳細にわたって書き綴ったようだ。

「波の打ち寄せる夜々はどんな思いでお過ごしでしょう、

　嘆きつつあかしの浦に朝霧の立つやと人を思ひやるかな

(あなたがどんなにか嘆いて夜を明かす明石の浦に、その嘆きの息が朝霧となって立ちこめているだろうと思いやられます)」

須磨でやりとりのあった大弐の娘、五節は、筋違いと思いつつも人知れず胸に秘めていた光君への恋も今はあきらめて、使いの者に、だれからとも言わせずに目配せさせ、手紙を置きにいかせた。

須磨(すま)の浦に心を寄せし舟人(ふなびと)のやがて朽(く)たせる袖(そで)を見せばや

（須磨の浦で心を寄せました舟人の、それ以来の涙で朽ちてしまった袖をお目に掛けたいです）

光君は手紙の主を見抜いて、書きぶりがずいぶん上達したものだと感心し、返事を送る。

かへりてはかことやせまし寄せたりし名残(なごり)に袖の干(ひ)がたかりしを

（かえって文句を言いたいくらいです、あの時お手紙をいただいた後、涙で袖がなかなか乾かなかったのですよ）

ずっといとしく思っていた女であり、その思い出も残っているので、思いがけない手紙をもらっていよいよなつかしく思うけれど、この頃は、かつてのような振る舞いは慎んでいるようである。花散里(はなちるさと)にもただ手紙を送るくらいなので、女君は、光君の気持ちもわからず、かえって恨めしい様子である。

文庫版あとがき

「紅葉賀(もみじのが)」では、藤壺は光君の子を出産し、正式に皇后となる。真実を知るのは、藤壺と光君、そして王命婦(おうみょうぶ)と、のちに登場する代々仕えてきた僧都だけである。藤壺は自身の罪におびえおののいているが、まだ二十歳前の光君は「私は何をしてもだれにも咎められない」と言えるほど自信に満ちて、こわいものなしだ。五十七、八歳の典侍(ないしのすけ)のもとを訪れ、同衾しているところに頭中将に踏みこまれるという、ユーモラスな一幕もある。

まさに思いのままだが、もっとも愛する藤壺にだけは会うことができない。彼女が恋しいあまり弘徽殿(こきでん)をもうろついて、光君を唯一憎々しく思う弘徽殿女御の妹である六の君（朧月夜(おぼろづきよ)）ともねんごろになってしまう。これがその後、絶好調の光君の運命を大きく変えることになる。

この物語に起承転結をあてはめるとするなら、「花散里(はなちるさと)」までが起であると思う。

この「起」では、妻である葵の上は息を引き取り、桐壺院が亡くなり、藤壺は出家してしまう。

一方で、葵の上の死をかなしむ光君は、まだ結婚が何かもわかっていない紫の姫君と男と女の関係を結び、院を失って実家に戻った藤壺のところに忍びこむ。藤壺が悩みの深さのあまり出家してしまうと、それを泣いてかなしみながらも、宮中から退出した朧月夜のもとに毎夜通い詰め、あろうことか彼女の父に見つかり、弘徽殿大后の知るところとなる。

若き光君が心のままに動けば動くだけ、女たちは苦悩とかなしみに身を浸す。そのようにして、第一巻よりもより詳細に、より生々しく、女性たちの感情が描かれ、それによって女性たちは個性を獲得する。読み手である私たちは、朧月夜、花散里、朝顔、源典侍などといった通称に、彼女たちの生きるさまを読み取るようになる。

私はこの現代語訳をはじめるまで、六条御息所（ろくじょうのみやすどころ）のことをプライドが高く、嫉妬深い女性だと思いこんでいた。もちろんそれは、病床の葵の上に六条御息所の生霊が取り憑いて、ついには息の根を止めてしまうという有名なエピソードによる印象だ。

しかしながら実際には、六条御息所は正妻の葵の上に嫉妬しているわけでもないし、まして、取り憑こうと思ってそうしているのではない。

新斎院が決まった賀茂の祭の、禊の儀式に光君も参加することになり、その姿をひと目見ようと大勢の人たちが詰めかけるなか、六条御息所の乗った牛車を、葵の上の牛車の従者たちが喧嘩をふっかけるように押しのけるかたちになる「車争い」の場面を読むと、六条御息所は葵の上に嫉妬したわけではなく、従者の当てこすりに憤慨したわけでもなく、みずからの尊厳を打ち砕かれたのだということが、痛々しいほどよくわかる。儀式など何も見えない位置に押しやられ、もう帰りたいと思うものの、でもやっぱり恋しい相手をひと目見たいと願う、その未練がましさ。そこへきて、光君には気づいてもらえず、光君が葵の上とその家族には敬意を持った態度を示すのを、見てしまう。若き日は東宮の后であったのに、その死によって早くも未亡人となった不幸を、このときどれほど嘆いただろうか。こんなふうに押しのけられる身分ではなかったと思ったはずだし、東宮が帝となっていれば光君とかかわることなどなかったのだ。

尊厳を打ち砕かれるというのは、存在を否定されることでもある。光君によってでも、葵の上によってでも、従者によってでもなく、彼女はこのとき自身で自身の存在を否定したように私には思えて、それは嫉妬や怨恨より、よほど大きなダメージに感じられる。

だからこそ、たましいが抜け出てさまようことを彼女は意図しておらず、はっきりと認知もしていない。「こうしてここにやってこようなどと、まったく思っておりません」と、物の怪自体も言うのである。

この物の怪のエピソードが強烈すぎて、六条御息所を扱ったのちのちの関連作品で、女の嫉妬心の権化のように描かれるようにもなったこの女性が、私はなんだか気の毒でたまらなく思える。もちろん私もそう思いこんでいたひとりだったから、なおのことである。

光君と性的関係になる紫の姫君のショックも、省くことなく描かれる。紫の姫君は「あんないやらしい人をどうして疑うことなく信じ切ってきたのか」と思うくらいの衝撃を受けるが、しかしだからといって彼女にはどうするすべもない。北山から姫君についてきた少納言は、結婚の祝いを見て、姫君が正式に扱ってもらえたことを泣いてよろこぶ。だからといって正式な妻にはなれないのだが、しかしこの二条院で妻として扱われ、愛され続けるしか、紫の姫君には生きていくすべはないのである。

ちらちらと登場する朝顔の姫君だけは、六条御息所の噂を聞いて、自分はそんなふうにはなりたくないと、光君を避け続け、「賢木（さかき）」では賀茂神社に仕える斎院となる。この人はこの後も登場し、光君に求愛されるが、拒み続ける。光君とかかわることで、女たちはみな人生の安定と愛されるよろこびを手に入れ、同時に人生のままならなさを味わうわけだが、そのどちらをも拒み続ける朝顔の存在というのは、非常に現代的だと私は思う。

そうして物語は、「起」から、須磨明石へと転じる。朱雀帝に愛される朧月夜との関係が発覚したことで、弘徽殿大后の怒りを買い、官位を剝奪された光君は、みずから須磨へと退居する。ここに、「若紫」でちらりと話に出てきた明石の入道とその娘が登場する。是が非でも娘を光君に縁づけたい入道の強引さにより、やっと光君と明石の女君は出会い、結ばれる。

ここでまた、あらたな女性に光があてられる。光君と関係を持ったことをうれしく思いながらも、しかし自分など捨てられるに違いないと女君は悩みはじめる。「ただなんとなく過ごしてきた今までの年月には、いったいどんな悩みごとがあったろう」……、光君に出会わなければ、深いかなしみも悩みも、味わわずにすんだのである。しかしその深いかなしみとたえない悩みも、幸福に分類すべきなのか――。

ところで、明石に居を構えた光君は、さみしさを埋めるように、京に残してきた女性たちに手紙を書くが、ここへきてあの六条御息所をふたたびいとしく思う。しかも葵の上に取り憑いた物の怪騒ぎのことを「心得違い」とも思うのだから、私はつい、

「そんな!」と言いたくなってしまう。あれははたして、六条御息所を疎ましく思った光君の錯覚だったのか。そして御息所の夢や芥子(けし)の香りは、心の安定を欠いたがゆえの、それまた錯覚だったのか。そんなふうについつい考えこんでは、彼らが架空の人だと思えないくらいに、この物語に入りこんでいる自分を発見するのである。

二〇二三年六月

角田光代

主要参考文献

・『源氏物語』二　石田穣二・清水好子　校注（新潮日本古典集成）新潮社　一九七七年
・『源氏物語』一・二　阿部秋生・秋山虔・今井源衛・鈴木日出男　校注・訳（新編日本古典文学全集）小学館　一九九四、九五年
・『新装版全訳　源氏物語』一・二　與謝野晶子　角川文庫　二〇〇八年
・『源氏物語』一・二　大塚ひかり全訳　ちくま文庫　二〇〇八年
・『ビジュアルワイド　平安大事典』倉田実　編　朝日新聞出版　二〇一五年

本書は、二〇一七年九月に小社から刊行された『源氏物語　上』（池澤夏樹＝個人編集　日本文学全集04）より、「紅葉賀」から「明石」を収録しました。文庫化にあたり、一部加筆修正しました。

源氏物語（げんじものがたり） 2

二〇二三年一一月二〇日　初版発行
二〇二四年一〇月三一日　5刷発行

訳　者　角田光代（かくたみつよ）
発行者　小野寺優
発行所　株式会社河出書房新社
〒一六二-八五四四
東京都新宿区東五軒町二-一三
電話〇三-三四〇四-八六一一（編集）
〇三-三四〇四-一二〇一（営業）
https://www.kawade.co.jp/

ロゴ・表紙デザイン　粟津潔
本文フォーマット　佐々木暁
本文組版　株式会社キャップス
印刷・製本　中央精版印刷株式会社

Printed in Japan　ISBN978-4-309-42012-7

河出文庫 古典新訳コレクション

古事記 池澤夏樹［訳］
百人一首 小池昌代［訳］
竹取物語 森見登美彦［訳］
伊勢物語 川上弘美［訳］
源氏物語1〜8 角田光代［訳］
堤中納言物語 中島京子［訳］
土左日記 堀江敏幸［訳］
枕草子1・2 酒井順子［訳］
更級日記 江國香織［訳］
平家物語1〜4 古川日出男［訳］
日本霊異記・発心集 伊藤比呂美［訳］
宇治拾遺物語 町田康［訳］
方丈記・徒然草 高橋源一郎・内田樹［訳］
能・狂言 岡田利規［訳］
好色一代男 島田雅彦［訳］
雨月物語 円城塔［訳］
通言総籬 いとうせいこう［訳］
春色梅児誉美 島本理生［訳］
曾根崎心中 いとうせいこう［訳］
女殺油地獄 桜庭一樹［訳］
菅原伝授手習鑑 三浦しをん［訳］
義経千本桜 いしいしんじ［訳］
仮名手本忠臣蔵 松井今朝子［訳］
松尾芭蕉 おくのほそ道 松浦寿輝［選・訳］
与謝蕪村 辻原登［選］
小林一茶 長谷川櫂［選］
近現代詩 池澤夏樹［選］
近現代短歌 穂村弘［選］
近現代俳句 小澤實［選］

＊以後続巻
＊内容は変更する場合もあります

平家物語　犬王の巻

古川日出男　41855-1

室町時代、京で世阿弥と人気を二分した能楽師・犬王。盲目の琵琶法師・友魚（ともな）と育まれた少年たちの友情は、新時代に最高のエンタメを作り出す！　「犬王」として湯浅政明監督により映画化。

現代語訳 義経記

高木卓〔訳〕　40727-2

源義経の生涯を描いた室町時代の軍記物語を、独文学者にして芥川賞を辞退した作家・高木卓の名訳で読む。武人の義経ではなく、落武者として平泉で落命する判官説話が軸になった特異な作品。

現代語訳 竹取物語

川端康成〔訳〕　41261-0

光る竹から生まれた美しきかぐや姫をめぐり、五人のやんごとない貴公子たちが恋の駆け引きを繰り広げる。日本最古の物語をノーベル賞作家による美しい現代語訳で。川端自身による解説も併録。

現代語訳 徒然草

吉田兼好　佐藤春夫〔訳〕　40712-8

世間や日常生活を鮮やかに、明快に解く感覚を、名訳で読む文庫。合理的・論理的でありながら皮肉やユーモアに満ちあふれていて、極めて現代的な生活感覚と美的感覚を持つ精神的な糧となる代表的な名随筆。

現代語訳 古事記

福永武彦〔訳〕　40699-2

日本人なら誰もが知っている古典中の古典「古事記」を、実際に読んだ読者は少ない。名訳としても名高く、もっとも分かりやすい現代語訳として親しまれてきた名著をさらに読みやすい形で文庫化した決定版。

現代語訳 日本書紀

福永武彦〔訳〕　40764-7

日本人なら誰もが知っている「古事記」と「日本書紀」。好評の『古事記』に続いて待望の文庫化。最も分かりやすい現代語訳として親しまれてきた福永武彦訳の名著。『古事記』と比較しながら読む楽しみ。